论家用电器

北京上河行思文化传播有限公司　出品

论家用电器

汪民安 著

上海文艺出版社

目　录

洗衣机　　　　　　　　　　1

冰箱　　　　　　　　　　 29

收音机　　　　　　　　　 61

电视机　　　　　　　　　 85

手机　　　　　　　　　　121

电脑　　　　　　　　　　143

电灯　　　　　　　　　　179

附录　现代家庭的空间生产　207

后记　　　　　　　　　　230

洗衣机

1

一个居住的家庭空间有多种多样的循环再生产模式。家里会不断地搬运进来物品,同时又不断地往外清空物品;不断地对室内进行装饰、布置和编码,又不断地拆毁这些装饰、布置和编码;不断地吸进外部的空气,又不断地排放室内的空气。一个家庭要能良好地运转下去,就要保持它的稳定性和清洁度。这就需要不断地轮回和循环。家庭正是在这种轮回和循环中获得更新。现代家庭空间同古代家庭空间的一个重要区别在于,这种循环的速度变得越来越快。这是因为,家庭生产物质和垃圾的能力大大地增加,垃圾的处理越来越成为重要的家政。不仅是物质和空气遵循这一循环规律,对于家庭成员而言,同样也大体遵循这个家政的循环法则:当丈夫或者妻子离开这个家庭的时候,一个新的丈夫或者妻子走进了这个家庭；当老年人在悲戚和哀恸声中永远地离开了这个家庭的时候，一个新生的婴儿则在欢声笑语中降临到此。家庭不能保持稳定性，其正常运转就会失效。这是家庭循环的一个重要原因。

在现代家庭结构中，循环的技术和方式越来越多样了。除了古老的门和窗之外，现代家庭增加了大量的管道从而将室内和室外连接起来。同那些古老的家庭相比，现代的家庭四壁都被凿穿了。它充满着各种各样的孔洞，越来越趋向成为一个"破败"之家，一个开放之家。这些孔洞，不仅是它释放的渠道，甚至也是别的家庭的过渡通道：有许多其他家庭的废弃物从这些孔洞中穿越而过。许多垃圾不再是通过门从外运输出去，而是通过管道隐秘地运送出去，室内的垃圾就此神秘地消失。不仅如此，这个居住性的家庭空间同时也是一个过渡空间，它们彼此成为相邻家庭的过渡空间。现代家庭保留了更多的出口和进口，有了更多的交换和循环技术。它有烟道，有水道，有清理人体排泄物的厕所管道，有空调管道，当然，还有供洗衣机的上水和下水道。这些处在高楼之中的家庭，尽管人们彼此陌生,但是,他们分享着同一些管道,一个管道从上而下地神秘地贯通下来,使得这些陌生的邻居无时无刻不联系在一起。当水流顺延着管道下泄的时候,它的欢快声音在每个家庭中迅速地荡漾而过。就此而言,这些彼此不可见的家庭并非不是一个整体。邻居的概念被改写了,邻居的记号并非一个相识的面孔,而是一个沟通的管道。管道的障碍唤醒了他们的邻居意识。一个现代家庭就此同别的家庭通过管道的方式连成一体。它们沿着管道共振。

洗衣机就是管道的寄生物。它坐落在管道的周围,或者说,管道沿着洗衣机盘旋。清洗是家庭古老的循环方式,但是,洗衣机和管道的组装,则将家庭的清洗技术——在某种意义上也是循环技术——推进到一个新的阶段。它保证了清洗在室内的自主完成。家庭需要反复地清洗,清洗是家庭再生产的重要一环。事实上,家庭的所有部位,所有的空间布局都应该定期清洗。地面,家具,衣服,以及最重要的人本身也应该定期清洗——这是现代社会发现病菌致害后的一个重要认识。通风和清洗,这是家庭保持卫生和健康环境的两个基本手段。家庭,在某种意义上就是一个循环的清洗机器。洗衣机保证了家庭的清洗效率。大量的水通过管道从外面流入家庭,然后又从家庭中排泄出去。就此,细菌,病毒以及它们所寄生的一切污染物都随之而清除掉。清洗追求单纯性。家庭要一遍遍地清洗,它以卫生之名展开清洗,而人们有时还以阶级或者种族的名义展开清洗——这种清洗的工具不是水而是屠刀,但是,两种清洗的理由是一致的:都是对病毒的清除从而向纯洁表示敬意。

如果说,清洗是一种古老的水的功能律令的话,借助于管道的清洗就是一种现代的循环方式。洗衣机是现代家庭的一个结构性要素。现代的住宅设计都将洗衣机作为一个空间性的想象客体,这个小的方形机器出现在建筑师的头脑中。不仅如此,它填充了现代家庭的社会语义:同电冰箱和电视机一道,人们曾经将它视作是年轻夫妻组成的新家庭的不可或缺的内核——洗衣机的匮乏就意味着家庭的匮乏,就意味着这并非一个完美而标准之家。但是,人们真的进入一个家庭中时很难像目击到电视那样会一眼目击到洗衣机。相较于电视机而言,它呆在家庭一个不起眼的角落,仿佛家庭中不存在洗衣机一样。同别的家用电器相比,洗衣机对室内的位置要求非常低,它甘愿成为一个边缘角色。人们并不愿意将洗衣机置放在显赫之处,它能够被隐藏起来最好,洗衣机尽可能地占据一个无用的角落从而充分利用任何一处多余的居住空间面积,它尽量地想填充一个空间空白。洗衣机不是象征性的炫耀之物。电视机的面积和冰箱的体积既是它们的功能之所在,也是它们的符号价值之所在,或者说,它们的使用价值可以通过它们的符号价值来呈现。但是,洗衣机的等级很难通过肉眼一目了然地呈现。它排斥了视觉的符号欲望。人们根本不在乎它的符号价值——只是考虑它的功能,它是单缸的还是双缸的,是否是自动的,是否有烘干功能,是否有除菌能力,是否节水节电——总之,是否有效率地清洗,这是洗衣机唯一的考虑原则。一旦消除了它的符号价值,那么,它不会有任何的展示性(大体上来说,家用电器的符号价值都不显赫),因此,它的摆放只有唯一的要求——那就是,它需要一个特殊的管道与之组装。同所有的家用电器不同,它除了需要接上电源之外,还需要接上管道。这个管道仿佛是洗衣机的一个漫长的埋在墙壁深处的看不见尽头的配件。它并不外在于洗衣机，相反，它是洗衣机的一个有机部分，它和洗衣机相互镶嵌。洗衣机也是这个管道的嫁接部件。就此，洗衣机并不单纯是它自身。只有和一个管道接通，才成为一个完整的洗衣机。从这个意义上而言，洗衣机的摆放是最灵活的，同时又是最死板的；是最随意的，但又是最严格的。电视机置放于客厅，冰箱靠近厨房，空调悬挂于白墙之上并且总是呼应着床铺。这所有的家电，都有它们的置放秩序。但洗衣机可以出没在所有的方便同管道对接的隐秘之所。洗衣机的场所要求不是取决于人的使用便利，而是取决于房屋的内在结构。它只有装置的语法，而没有部署的语法。洗衣机的分布如此地没有规律性（它可以放在阳台，可以放在厨房，可以放在卫生间，可以放在客厅），以至于人们闯入一个陌生家庭，并不能像发现其他家电一样轻而易举地发现洗衣机的位置。洗衣机如此地不引人注目，但是，它又被家庭赋予了不可或缺的重要性。

2

事实上，人们对洗衣机也毫无兴趣。它不工作的时候，从来不会进入人们的目光之中。它是一个单纯的工作机器。洗衣机的工作频率是均衡的，它有自身的稳定节奏。人们会依据节目、心境和忙闲选择性地打开电视机；对空调和电扇的使用取决于季节和温度；而冰箱则从不休息，从不变化，也就是说，它并没有节奏。只有洗衣机长期充满间断性地富于节奏感地工作。这种节奏甚至并不取决于人的生活节奏。生活节奏的变化，可以令人做出许多取舍，人们可以放弃做饭，放弃电视，但是，人们无法放弃洗衣服。就此，洗衣机遵循自主性的节奏，它昭示了生活稳固的一面——即便是充满动荡之机，洗衣机也富有规律地正常工作。

洗衣机有特殊的工作方式。家用电器的运转规律是重复。冰箱保持着一个恒定的温度，一旦超越了这个温度，它就再次运转，再次回复到这个温度，它始终保持着一个标准的温度。空调和电扇打开之后,它就一直让风向重复地来回吹动。但是,洗衣机则有一个复杂的叙事过程,它有一个开端,一个发展,一个高潮,一个结局。也就是说,它有变化,有差异。它像是一部叙事小说一样起起伏伏。它发出的声音充满着变奏:有时候是轻快的水流声,有时候是间断性的嗡嗡声,有时候发出迅疾的低声轰鸣,最后是戛然而止的警报提示音。这些声音不仅变化多端,甚至还会反复出现——它们丝毫不单调,它甚至可以挤进声音艺术的范畴。每一种声音意味着不同的叙事进展——进水,洗涤,漂洗,脱水,再进水,再洗涤,再漂洗,再脱水,直至最后的烘干等等,仿佛这多变的声音在述说一个命运的传奇,仿佛这方盒子里面在上演戏剧。但这方盒子则将这跌宕的过程紧紧地捂住了,这戏剧无法看见,只能倾听。声音对这种被捂住的隐秘之物在传导和再现,它是内在叙事的外化。这是声音和表意完美的语言学结合,也是表象和意义匹配的实践典范。

但人们并不关心洗衣机的内在运动,也并不关心这一切。人们只是将衣服扔进去了,摁动了指令,然后等待它的结束,最终从方盒子里面掏出这些裹成一团面目不清的衣服。尽管洗衣机的声音在拼命地述说,在大声地宣讲它的劳动,在吵闹着证明自己的存在,但洗衣服的劳动过程被忽略了,好像并不存在这样一个劳动过程,好像衣服经过了一段时间的过渡后自己变干净了。人们并不关心这样一个洗涤过程。洗衣机越是自我伸张,越是喧哗,人们越是讨厌它的声音,希望自己远离这种声音,希望能够和工作的洗衣机保持距离,把发出声音的洗衣机关闭起来。洗衣机的工作和人的工作各行其是,二者离得越远越好。人和机器相互分离。洗衣机是一种单纯的工作机器。存在着这样一种单纯的工作机器,也存在着一种单纯的娱乐机器。存在着一种处理事物的机器,也存在着一种处理人的机器。洗衣机和电冰箱是对付事物的,是工作机器;电视机和收音机则是对付人的,是娱乐机器。还有一种机器是通过对付事物来对付人——空调和电扇是这样的机器:它们对付空气的最终目的是为了对付人的。对付人的机器当然需要人的在场性投注,但在处理事务的机器中,有些需要人的投注(吸尘器);有些不需要人的投注,而是要把人充分地排斥出去。这正是自动化的法则。作为一种自动的机器，洗衣机不仅将人排斥出它的领土，还将人赶出了洗衣服这个古老的生活领域。准确地说，将妇女赶出了洗衣服这个令人苦恼的领域。

3

几乎所有人都认为洗衣机的发明是对妇女的重大解放。它是对妇女烦琐劳动的解脱。洗衣机斩断了妇女和洗衣服的关联，妇女从她的洗衣服的顽固姿势中解脱出来。就像当娜·哈拉维所说的，"到现在为止（从前），女性的具体体现似乎都是规定的、有机的、必要的，女性的具体体现似乎只意味着做母亲的技能以及由此扩展出来的隐喻性引申。"就此，机器摧毁了妇女的一个固定形象。洗衣服不再附着于一个形象之上，它找不到一个动作形式。妇女坐在一个矮板凳上，面对着一个装满衣服冒着水泡的木盆，低身弯腰，双手并拢用力揉搓，像斜坡一样的后背一起一伏——这样一个深入人心的形象已经永逝了。这不仅是一个妇女的劳动形象,而且也是一个妇女的经典文化形象。一系列的隐喻性语义撰写在这个形象中:深陷家政之中,乏味而重复的劳作,持久地屈身,手工活动,轻度的但却是持续的体力,日复一日,无怨言的忍耐。洗衣机解除了衣服和妇女的劳动关联,而且还解除了这种关联中的身份征兆。它不仅将妇女从洗衣服中解放出来,从家政主角中解放出来,甚至将妇女从一个劳作形象中解放出来,最终将妇女从这一受难式的被压抑的文化视角中解放出来。事实上,衣服总是和妇女关联在一起的。这不仅体现在洗衣服这一劳动环节,还体现在购买衣服这一消费环节,也体现在着装这一展示环节。衣服是许多妇女的快乐内核。而洗衣服则是对这种快乐的损耗。购买衣服和清洗衣服是两个针锋相对的经验极端。洗衣机打破了这一对立,让衣服毫无障碍地成为妇女的完全快感之客体。洗衣机使得妇女可以充分地享用衣服而不必面对洗衣服所带来的烦扰。

没有任何一种劳动像洗衣服那样同妇女有一种如此紧密的归属关系。这看起来像是妇女的天命。人们当然知道它的历史性根源,几乎所有的室内后勤工作都是由妇女担当的,这是古老的男女空间分工的一个现代延续。洗衣服,这一安全的室内劳动,这一轻度的体力劳动,这考验耐心和细致的劳动,交给了妇女,就如同高强度的充满暴力和风险的户外劳动交给了男人一样。但是,现在,传统上许多的室内工作逐渐被男人取代,或者说,由男人和女人共同分担,以至于工作的性别之分和空间之分已经不再显著了——男人们甚至纷纷涌进了由妇女主导的厨房。但是,在洗衣机发明之前,洗衣服(甚至是折叠衣服,熨烫衣服和收拾衣服)这个领域却顽固地保持着它的封闭界限,一直没有男性介入,这到底是因为什么?或许,衣服本身就被文化建构为一种特定的性别——这不仅指的是男人的衣服或女人的衣服的性别之分,在某种意义上,我们也可以说,所有的衣服都是女性化的。衣服似乎具备着女性气质。衣服这一物件本身之所以是女性化的,或者说,之所以被历史设想为女性化的,是因为它是装饰性的,是被摩挲,被碰触和被观看的对象,是缠绵和轻柔之物,是恋物客体——衣服本身是柔顺的。衣服本身的柔顺性和妇女的柔顺性不是相契合吗?衣服的温顺气质,似乎在召唤妇女。它和男子气具有排斥性:一个粗糙的男性之手,能够奋力地揉搓这种女性化的柔弱衣物吗?妇女才是衣物(即便是男人的衣物)的归属之地。

不仅如此,衣服同身体相互装置。它们都为对方而存在,都是对方的依赖物。二者的关联如此紧密,以至于衣服尤其是内衣都被看成是身体的一部分,是身体的一个想象性皮肤,它似乎沾染了身体的气息因而具有隐私的味道。女性衣服是妇女身体的一个衍生性记号,它不是一个单纯的商品织物——哪怕这件内衣还在商场的橱窗中,还没有同任何一个身体结盟过。不仅如此,衣服承载了身体的排泄物(这正是它要被清洗的原因之一),这强化了衣服和身体的关联性,衣服的不洁就是身体的不洁——男性不能闯入这个领地。而我们的文化发展出了一套对女性身体的禁忌,它不宜公开暴露。作为身体的象征和衍生之物的衣服,当然不能经过男性的窥探目光和粗暴之手。女性衣物必须由妇女们自己来处理。室内的一般清洁工作,已经去性别化了,但是,衣服的清洁工作,还滞留在妇女的范畴之内。直到洗衣机的出现,这项工作再次去性别化了。

不仅如此,因为衣服和身体的这种特殊关系,洗衣服拒绝了商业化。人们不愿将衣服交给一个家庭之外的陌生人去深入地触碰。在家用洗衣机发明之前,洗衣服也从来没有真正地商业化。衣服只能经过自己之手。尽管洗衣服如此地劳累、琐碎、毫无快感,但它还是被限制在家庭之内,由家庭中的妇女(或者是女仆人)来完成。洗衣机出现之后,洗衣服彻底打消了它的商业化愿望。或者更恰当地说,洗衣机的商业化,阻止了洗衣服这个行为的商业化(大街上的少数洗衣店是针对着特定的少量衣物的)。衣服的制作和售卖完全是商业化的,但是,衣服的清洗几乎从未被商业化过。一台家用洗衣机尽管保持着高速的运转频率,但是,它的主顾总是固定而有限的常客:总是那一家人的几件衣物,它们总是按照一定的时间节奏毫无意外地光临。

机器对于衣服的处理和妇女对于衣服的处理遵循的是完全不同的方式。妇女直接面对着服装,她要寻找,要摆布,要辨别衣服,要找出衣服的肮脏之处,要深入到衣服的每个细节之中,手要投身于衣物,然后针对性地对它进行耐心的处理,洗衣服是对每件衣服的全面探究和认知。衣服是在清洗的时候而不是被穿戴的时候才充分地展示自身：口袋只有在这个时候才能被翻开，被观察到——许多口袋中的秘密就是在洗衣服时暴露的。不仅如此，一种精致的衣服类型学在洗衣服的过程中得以培育和实践：衣服里外的分类，局部和局部的分类，内衣和外衣的分类，上衣和裤子的分类，男人衣服和女人衣服的分类，孩子的衣服和成年人的衣服的分类，各个家庭成员的衣服分类，等等。洗衣服是对家人衣服的回溯和整理。只有洗衣服的妇女才拥有一个家庭衣服的总体知识，也只有她才能准确地决断每件衣服的历史命运：这件衣服的来源和终结。

  妇女对家人的感受体现在她对家人的衣服的感受上面，她在揉搓家人的衣服的同时似乎在揉搓家人的身体。因此，她在每件衣服上面都会投资不同的情感经济。洗衣服就其动作而言是高度地机械化的，但这并不意味着洗衣者没有微妙而曲折的心理变化——手从婆婆的衣服转入到孩子的衣服的同时，她的情感通常会从怨恨转向爱怜。衣服不仅在穿着的时候体现了等级，而且在人工清洗的时候也赋予了等级。就此，对一个妇女而言，洗衣服要遵从一种她自身的代码,她自己的秩序,她自己细碎的情感经验。洗衣机也有自己的语法,但是,洗衣机是中性的,衣服对于洗衣机而言也是中性的,洗衣机对衣服并不倾注情感。洗衣机的工作过程是一个去人化的过程。就此,洗衣机的语法不取决于对象本身,或者说,它不是将自身和对象融汇在一起的语法,而完全遵循自己既定的配置语法。它无视衣服的差异性。所有的衣服都是平等之物,它们没有贵贱、身份、内外和性别之分,所有的衣服一旦被抛进洗衣机中,它们就被迅速地搅拌在一起,裹成一团,而不能获得任何的特权地位。衣服的主人身份,它附着于人体之上的体面、尊严、装饰,以及它的品牌所体现出来的符号价值都被洗衣机无情地揉碎了——这是服装的暗面。

4

洗衣服和做饭通常是家庭最重要的两项手工劳动。为什么洗衣机能够被机器代替而做饭却不能?洗衣服是手的劳作。不过,同许多手工活不一样的是,洗衣服几乎从未被看作是一门手艺。它不是艺术。人们很少会说,她热爱洗衣服,她擅长洗衣服,洗衣服甚至构不成一个行业。从来不会出现一个洗衣大师这样的标杆性人物。如果手的行为并不带有艺术意味的话,它大概就能被机器所取代。也可以说,机器能够在艺术匮乏的地方大行其道。洗衣服的揉搓,是双手的来回运动,这双手忙乱地深入到衣服的内在性中,对衣服进行粗暴的蹂躏(不过,这种蹂躏却不是为了致衣服于死地,而是为了让衣服获得新生)。即便这种蹂躏饱含某种怨恨的宣泄,某种轻度的暴力,某种微妙的情感插曲,它却毫无技术含量,它唯一需要的是耐心和手的体力——而这正是机器的特长。机器可以轻而易举地取代手的功能。在洗衣服这个过程中,手选择了它的诸多能力中的一种,即最不需要技巧和计算的一种单纯的手的运动。此刻,手似乎脱离了大脑在运动,在进行一种机器般反射的运动。

事实上,所有需要手的精致和灵巧的活动,所有需要创造性的活动,都可以成为艺术活动。艺术的特征就是创造性——机器活动和艺术活动的差异就在于此。在家庭的两大经典手工劳作中,洗衣服偏重于机器活动,而烹饪则偏重于艺术活动。烹饪需要反复的研习培训,甚至会出现众多的烹饪学校,有厨师这样的职业化的烹饪者,还有大量的关于烹饪技术和风格的媒体传授——烹饪似乎蕴藏着深不可测的奥秘,有无穷无尽的需要反复探究的知识和经验深渊,有无数的尝试和创造的潜能,并非每个人都能够轻易地掌握它。烹饪,这一舌头和手的专门领域,赋予了创造的乐趣,它没有既定的语法,人们可以在厨房中充分施展想象的活力,并能体会到创造的成就感。这也是许多人热衷此道的原因。在整个一顿饭的生产环节中,人们可以不断地使用机器(电饭锅煮饭,微波炉加热),但是,始终有些核心性的要素是机器所无法完成的,它需要大脑的灵巧盘算、手的细致估量和舌尖的微妙感受。相形之下,洗衣服从来不是一门艺术,它就是一个单纯的体力劳动,它没有规则可言——或者更恰当地说,它只有一个死板的规则,就是用除污的化学制品在衣服上一遍遍地涂抹和清洗的规则——没有关于洗衣服的知识和技巧。从来没有专门的洗衣服的技能培训——这是一个最为常见的无师自通的基础行为。正是因为没有想象力和创造性,机器可以取而代之。

虽然,机器确实在逐渐地取代手的功能,但是,它取代的是手的非意愿性功能。手有行动的意愿,也有不行动的意愿。手触及的范围如此广泛,它不仅是人触及外部世界的首要器官,它甚至也是唯一能够触及到人体自身每一部分的器官。它有丰富的感受性,它既是劳作苦行的工具,也是快感的来源;手的动作,既是一种机械式的本能的被动反应,也是一种主动的创造性行为。有时候手甚至将劳作和快感结合在一起,它通过劳作来获取快感。手有时候满含欲望,有时候深怀恐惧;有时候无限兴奋,有时候疲惫不堪。手有时候是对生命的肯定,有时候表现了生命的倦怠。只是在手不再有欲望的时候,手充满着厌倦的时候,手不过是被动反应的时候,机器才会想方设法地在这些手的非意愿性领域取而代之。人们会说,机器一方面是极其标准化的,它具有手所无论如何也达不到的精确性,另一方面,机器又是极端呆板的,它缺乏手所具有的最低限度的灵活性和创造性。一方面,机器有无限的耐力,它是手的体力所永远难以企及的,另一方面,机器又是中性化的,它缺乏手的微妙感受性——这是机器和手的一种经典区分。洗衣机是这种经典区分的一个范例。在洗衣服的过程中,手不需要创造性,它只需要耐力,它毫无乐趣可言,它是厌倦之手。它召唤机器取而代之。洗衣机发明出来,似乎天生就是为了证明机器的机器性:它的标准化,它不知疲倦的耐性,它的中性化偏好。洗衣机就是为了将手的非意愿性行为解救出来。无数的机器就是诞生在这种对手的解救之中。

但是,这种区分并不意味着机器和手不能相互接近。洗衣机所表明的这种区分,只是手和机器关系的一种特殊表达。机器对手的这种替代关系也是一种分离关系,尽管机器确实是对手的取代,但是,手和机器保持着陌生的距离,它们并不照面。事实上,手和机器还存在着更为广泛的连接形式。机器可以和手形成一种紧密的装置关系,一种增补关系。它们相互不能分离——这是机器和手的更为常见的形态。机器和手相互依靠。它们谁也离不开谁。手和汽车的组装,手和电钻的组装,手和车床的组装,手和手机的组装,手和吸尘器的组装……这种装置关系并不意味着手的能力变强了,也不意味着机器的能力变强了,而是意味着一种新的难以描述的东西的出现,一种新能力的出现,一种新的手-机器的出现。而且,手就意味着活动,手的意义就在于活动(人们总是说动手)。如果考虑到手是人体行动的根本,人的行为通常是手的行为的话,无论是对手的替代,还是同手发生组装,行动的机器总是将手作为它的想象对象,它总是在手的目光中诞生——在洗衣机这里,手几乎是机器的唯一想象对象:洗衣机就是为手而存在的。它确实不是手,但它确实又只是一双洗衣服的手(只有艺术家才改变了洗衣机的这一特征,黄永砯的一个经典作品就是将洗衣机变成了一个清洗书本而不是衣服的工具)。从这个意义上而言,机器并不是一个人的外部对象,一个与人无关的对象,用拉图尔的说法就是,机器是一个"准客体",或者是"准主体",主客体的对立模式在洗衣机这里瓦解了。

5

洗衣机也诞生在家庭之中,它的小型轰鸣声使得家庭现在也变成了一个车间。可以对劳动进行多种多样的类型划分。如果从家庭空间的角度来划分的话,人们可以将劳动划分为两类:一个是家庭劳动,一个是家外劳动。人们总是将家外劳动看作是决定性的,它具有更强的生产能力(社会的进步和运转好像就是取决于这种劳动),它更加正式(上班和下班具有强制性,并伴随着日复一日的离家和回家的仪式化行为),它更具有社会性(一大群人的协作),它更有必要——它是家庭的重要经济支柱,薪水是这种劳动的量化标记,是这种劳动结出来的活生生的果实,它使得这种劳动具有可见性。因此,劳动习惯性地被看成是一种家外劳动。家庭内部的劳动因为缺乏这一切而被人忽略不计。家庭总是被想象成一个梦幻、温馨、休闲和保养之地,一个非劳动的场所,一个封闭性的自主场所。但是,现代家庭的悖论在于,它越是想成为一个非劳动性的休闲之地,它就越是需要强化家庭的内部劳动。室内劳动旨在让室内获得一个非劳动状态。由于现代家庭在不断地扩充它的面积,不断地补充它的物质,不断地让其空间具体化,以至于它层出不穷地生产出各种各样的事务。人们对于居住空间的要求越高,就越需要对这种空间进行生产。一个现代家庭,不仅是一个休养之地,也是一个生产之地。大量的重复性的家务劳动,使得这个家庭也变成了一个工厂,一个居住工厂。人们在这个工厂中生产,就是为了让这个工厂更加适合居住。

就此,家庭内部必须有生产者。人们要么从外部的劳动中退隐从而专职从事家务劳动;要么雇佣一个他者来到自己的家中从事劳动而确保自己的室外劳动;要么自己兼顾室内劳动和室外劳动从而在这两种空间中不停歇地运转。家庭就在休息的空间和劳动的空间这两种完全对立的语义中转换。不同的家用电器创造出来就是针对着这两种不同的空间语义的。对于电视和空调而言,它塑造的是休息的空间;对洗衣机和吸尘器而言,它塑造的是劳动的空间;对电冰箱和微波炉而言,它同时塑造这两种语义空间。洗衣机是家庭这个新厂房的生产工具,它尤其接近于古典意义上的生产机器,它发出噪音,它快速地运转,它在某个角落轻微地颤抖,这一切使得家庭变成了一个传统意义上的生产车间。

由于这个空间是自己的主权空间,看上去,家务劳动并没有强制性。相反,它具有较大的弹性,家庭生产的强度和效率取决于生产主体的意愿和习性而不是一系列的成文制度。不仅如此,每个家人都是潜在的家务劳动的主体。相对于工厂劳动而言,家务劳动远没有标准化。而且,家务劳动没有确实的回报因而没有明确的可见性。正因为这一点,家庭劳动通常引发家庭战争。它总是引发不满。它总是让家人之间讨价还价。它总是家人争执的导火索。家庭,作为一个车间,作为一个空间的生产性地带,总是孕育着由劳动引发的危机。但是,奇怪的是,在所有的家务劳动中,最不会引发争议的就是洗衣服,因为它被看作是妇女的天命,它只能毫无争议地落入妇女手中。因此,洗衣机的发明,这一生产工具的改进,被视为是妇女的福音。如今,许多妇女会说,没有洗衣机是无法想象的,但事实上,家庭有洗衣机是晚近几十年的事情,只不过,洗衣机出现之后,人们已经将洗衣排斥在妇女劳动的范畴之外,妇女摆脱了和洗衣服的关联,但是,人们并没有将这个省略掉的时间供妇女休息或者娱乐,妇女洗衣服的时间被另外的劳动所占据。事实上,我们能够强烈地感觉到的是,生活中的机器越来越多,但是,人们并非越来越闲暇。家庭内部配置了各种各样的机器，但是，家务劳动丝毫没有减轻。或许，机器并非减少了劳动，而是加剧了劳动。今天的人们围绕着机器的生产、消费和运转而殚精竭虑。机器取代了人的工作，但是，它也需要无数人的侍奉。机器从来不是如同幽灵般地横空出世或者悄然消失。每一台机器的诞生、现实化和死亡将无数人卷入其中。每一台机器滋生了一个巨大而漫长的生产链条。一个妇女再也无须用双手洗衣服了，但是，这双手在由此而腾挪出来的时间里或许就是在为一个洗衣机的配件而在流水线上忙碌地伸缩。机器一旦来到了世间，它就获得了自主的速度，而迫使人们在它后面拼命地追逐。机器创造出来，从根本上来说并不是在解放人们的双手，而是在操控人们的双手——手除了保持它最基本的自主行动之外，它还添加了一项额外的任务，它要遵循机器的行动和频率。汽车使得脚的步伐停滞了，但却是在让手高度紧张地运转。机器并不是让人们减少劳动时间，而是让人们生产出更多的劳动产品。

如今，洗衣机让人们忘却了洗衣服的烦琐和无趣，但同时也让人们忘却了洗衣服曾经带来的乐趣。在70年代,在洗衣机出现之前,洗衣服是妇女社交的重要方式,她们在固定的时间走出家门,在一个特定的地方(通常是湖边和河边)聚集在一起。衣服在河水中来回地漂浮,抖动,翻滚,它们激起的水的喧哗同妇女的叽叽喳喳愉快地呼应。一个将家庭和男人拒绝在外的妇女的自主世界诞生在这种水边的吵闹声中。这个喧嚣的世界却包藏着单纯的妇女秘密。此时此刻,衣服变得无关紧要,它们受到了闲聊的压制,从而变得像是戏中的道具。闲谈和聚集的快乐冲淡了劳作的艰辛和琐碎。这是一个美妙的清洗时刻,她们分享这种时刻并陶醉于其中。或许,在某一个阶段,在某个妇女一生的某个黑暗阶段,她内心唯一的存在之光,就是早晨起床拎着衣服走出家门来到河边撞见她人倾诉衷肠。

冰箱

1

冰箱是空间性的机器。它内部的空间,它内部的空间配置、分割和排列,以及它在室内所占据的空间,都成为这个家用机器的重要考量。冰箱的价值通常以空间大小来作判定。这首先是因为它是一个储存机器,一个食品的储存机器——它首先是一个储存空间。它对容积有特别的要求,自然,它对室内空间大小也有特殊要求。或者反过来说,室内空间决定了冰箱的选择。我们只要将它和电脑或者空调进行比较就尤其明显:一个电脑或者空调对空间的要求不高。尤其是空调,因为它在墙上,几乎不挤占实用的面积,而且,它的体积差异不大,因此,它们几乎可以无视家庭的空间。人们购买电脑或者空调几乎无须考虑到家庭空间的情况,但是,冰箱则必须根据家庭空间来选购,人们需要让它的尺寸和家庭局部空间的尺寸相吻合,需要一个专门的与之匹配的空间。因此,人们买冰箱就如同买一个大的家具一样,要事先对家庭空间进行测量。不仅如此,冰箱置放的空间还应当和厨房相关联——通常它置身于厨房内部,它属于厨房中的机器。如果厨房太小,它应该置放在厨房的门外。它的部署原则是,它要紧靠厨房,它要缩短食物(材)和厨房的路径,它要方便地配合灶具的工作。无法想象将冰箱安置在卧室之中。也就是说,冰箱的安放不仅需要专门空间,它也对家庭中的地点有所要求。因此,冰箱的摆置常常是一个小空间家庭的难题或者负担。冰箱如此之大,一旦安放,就像洗衣机一样,它固定在那里,成为整个家庭机器的一个配件,从不移动,就像家室内一个稳定的家具一样。

作为一个存储的空间机器,冰箱与其说同其他的家用电器更接近,不如说同一个家具——比如说一个衣柜——更接近。如果说冰箱是存储机器的话,它确实像是一个柜子。它是存放食物的柜子。一个家庭中有各种存储的柜子。存放衣服的,存放鞋子的,存放书籍的,存放金钱或者首饰的,存放各种杂物的柜子。它们常常是密封的空间,是整个家庭这个大空间中的小空间,是一个家庭空间中的使用空间。家庭的空间是衡量家庭价值的最重要标记(人们总是按照面积的大小来买卖一个居所)。一个家庭空间就是各种空间的叠加和组装。空间里面套着空间,空间围绕着空间,空间挤满了空间。家室就是不同空间的游戏。家庭空间按照职能被划分成几个片段空间(它们通过门进行区隔):厨房,卧室,客厅,卫生间或者书房,等等,它们都可以被关闭,都可以被打开。它们各司其职,将人的住居生活隔栅化。而这些片段空间又进一步地被细分。一个密封的卧室中,还可能存在着一个密封的衣柜空间。在这个衣柜空间内部,还有密封的抽屉空间,等等。所有这些空间构成家庭的语法。它们一方面对人的行为进行编码(人们应该在书房看书,应该在餐厅吃饭),另一方面对各种物品进行编码(书应该放到书柜中,衣服应该放在衣柜中)。这些空间具有强烈的隐藏功能,物品空间力图将各种琐细之物隐藏起来,使得家庭井然有序。也只有聚集和隐藏这些物品,家庭空间才会显得更为开阔和整洁——家政的一个永恒任务是要让物品各归其位,让它们处在隐身状态。正如每个人有自己的家一样,每个物也应该有自己的家,有自己的住宅。正是在这个意义上,冰箱是一个住宅,一个物的住宅。它是食品的住宅,食品之家。它和所有的柜子一样,本身是一个小型建筑,一个封闭的建筑,一个家庭居所这样的封闭建筑中的小型建筑。

但是,这个小的白色的家宅内部也有自己的部署语法,就如同任何一个空间有自己的语法一般。对于一个冰箱来说,它的空间配置仿制的是食品超市的配置,也就是说,它将一个食品超市进行微缩处理后搬运到家里来。它内部的布置和超市的布置大同小异。尽管空间不大,但是,部署非常细致:一格一格地区分,有搁架,有抽屉,并且可以根据情况来调节和组装。它因此被划分成各种层次,进行各种功能区分,就如同一个住所也划分成不同的功能空间一样。它想象各种食物,想象它们的性质,它们的形状(比如鸡蛋的形状),它们的耐温力。它要满足各种食物的各种要求,并以此来设计它们的空间格局,来调节它的温度。冰箱的空间容积是固定的,但是,它的内部布置则灵巧而多样——它尽可能地配合食物的奇怪形状,而获得它的最大利用率。它的温度设置也可以根据食物的性质进行调节,而且,它内部的温度并不均匀:它既可以让食物冻结凝固,也可以让食物保持一个较低温的状态。就此,冰箱不仅是食物的居所,也是食物的空调。它既要让它们恰当地摆放,也要让它们处在一个合适的温度之中。总之,它要让食物居住得很舒服。这是它的两个条件。一个冰箱以这两个维度展开自己的空间叙事。这个建筑中的建筑,这个建筑中的密闭空间,就成为家庭中的飞地,一个同其他一切隔离开来的黑暗禁区。

冰箱也借此将食物隐藏起来。从超市或者菜市场将食品运送到家里,然后放置到冰箱中。人们必须将食物放置到冰箱中,除了储存之外,一个重要的原因是,食物需要被隐藏——几乎所有的食物,尤其是生食,都令人具有一种视觉上的不适感。人们总是不愿意正视这些生的食物。无论是肉食还是素食。食材都很难看,准确地说,生的食物都不好看(菜市场总是城市中的肮脏角落)。蔬菜,当它生长在泥土中的时候,它活泼有力,枝叶茂盛,摇曳多姿。但是,一旦将它从泥土中拔出来,一旦将它从生机勃勃的植物转化为蔬菜的时候,它就死亡了。它就在转向枯萎的途中。一旦它来到菜场或者家庭中的时候,它就开始显露出各种不同的衰败征兆。如果说种植在花盆中的植物让家庭充满活泼富于情趣的话,那么,买回家的蔬菜——也是一种植物形式——则像是家中的剩余物,它破坏家庭的情趣和整洁,它疲沓而无力地躺在地上,它迫切地需要被保藏——不仅仅是为了保持它的新鲜,而且还要让它从一个家庭的整洁环境中消失。事实上,人们从超市或者菜市场买回一堆食物的时候,总是快速地扑向冰箱,总是要迅速地将它们塞进冰箱之中。人们不希望家中变成一个琳琅满目的市场,不希望让这些生的食物保持着可见性。冰箱收藏食物,就像衣柜收藏衣物一样。它们意在保持家庭的卫生和环境——生的食物对卫生总是具有破坏性。一旦塞进冰箱之中,它就瞬间地消失了。无论冰箱内部如何丑陋,无论冰箱里面塞满了什么,冰箱的外部却总是整洁如斯。它是一个如此纯洁而规矩的长方体,雪白而一尘不染。里面的黑暗和混乱仿佛不真实一样。

不单是蔬菜,事实上所有的食物都是以死尸的形式存在于冰箱中的。肉食更是明显。食物是维持人的生命的方式,但是,要维持一个生命,必须屠杀掉另外的生命。"生命一直是另一个生命腐败分解后的产物。新的生命首先有赖于死去生命的让位,接着依靠死后尸体的腐败,提供后续不断降临的新生命所需养分的循环。"(巴塔耶)一头猪的死亡却可能让一个人存活下来。食物的前传都是不同类型的生命形式。无论是动物还是植物,它们一旦被设想为食物,最终都会遭到屠杀,都会被残酷地终止生命。人们无法吃一个活的食物。但是,一旦死亡,食物就趋向腐败。但死尸和腐败之间永远存在着一个过渡时间。而冰箱就是让这个过渡的时间尽可能地延长,甚至让它永恒化——这是冰箱的最重要功能。它使得食物处在一个特殊的存在状态:它既使得食物不再以生命的形式呈现,同时也没有让它转向腐败和毁灭。食物就此处在死亡和毁灭之间的过渡状态,而且还滞留于这个状态。人们宰杀一头猪,但是,这头猪并没有马上消失,并没有离开人世而重新回到自然世界中,这头猪还存在于社会之中,它沉默地躺在冰箱内部,成为人们持久的欲望客体。正是因为冰箱的存在,食物以此获得了更久的死亡状态而不是彻底地消失——也可以说,它以死亡的方式获得了存在。

也正因为这一点,人们可以调节食物的供应量。事实上,人们很难准确地预算到一个时段内需要多大的食物的供应量,很难恰当地算出每一天的市场需要多少猪肉。如果屠杀的量超过市场的需求,就会出现因为食物腐败而导致的浪费。屠杀不足,就会引起市场的匮乏。冰箱的出现让这个供应难题迎刃而解。它可以让过量的被屠宰之物存储下来,那些暂时无法被市场消化的食物不至于腐烂。事实上,几乎所有的冰箱中都储藏着肉食。它们并不需要被立即消费。冰箱能够吞噬大量的过量食物。它将屠宰场庞大数量的肉进行细化。一个大型屠宰场供应无计其数的肉,最后被每家每户的冰箱所分配。或许正是因为对冰箱的想象,大规模的对动物的屠宰才成为可能,各种各样的巨大的屠宰场才成为可能,甚至是大型的工业化的肉类养殖场才成为可能。肉是从养殖场通往冰箱中,而不是直接通向灶台上的锅中。冰箱像一个调节河水流量的水坝一样,它可以调节肉的供应量。这能够保证大规模的养殖和屠宰不至于泛滥。它同时防止匮乏和浪费。它确保供应的稳定性,也确保家庭每天吃肉的可能性——肉就此获得了普及。冰箱是存储肉的小型仓库。毫无疑问,自它诞生以来,肉的生产和消耗大增。

2

　　冰箱是食物供应地和灶台之间的一个中介。但是,它不是单纯的过渡性的中介。事实上,冰箱对食物的形态的改变有重要影响。食物一旦经过了冰箱,或许就不是原初意义上的食物了。这点对肉食来说更为明显。冰箱首先改变了食物的形态。肉食总是以尸体的形式进入到冰箱中。但是,冰箱似乎掩饰了这一点。一头被杀死的猪或者牛,它有一个痛苦的过程,当它被杀死的瞬间,总有一种令人惊骇之感。它被杀死后的肉,它的柔软,它的血迹,它的无力感,它的碎片,时时昭示着它的生命迹象——只要肉还是以肉的形态现身,总是令人感到难以忍受。但是,奇怪的是,这些肉,它们被细分,它们从它们的整体中解放出来而获得细碎的片段,它们被置放在冰箱中冷冻起来后,好像它们的前身不是一个生命一样,它们好像早就和一头完整的猪或者牛无关了。冰箱改变了它们的存在形态,它使得这些肉像石头一样硬朗,它们像是一个无机物,像是一个自然物,像是一个从未呼吸或者有过心跳的物一样。冰箱掩盖了它曾经的死亡。人们从冰箱中拿出来一块肉,需要把它融化,让它重新恢复到肉的柔软状态,但是,人们很少想到它的前世今生。仿佛这块肉的基本形态是石头,仿佛它的最初的发源地是冰箱,仿佛是冰箱创造了这块肉。人们不会对这块曾经是尸体的肉产生惊恐。

冰箱以中介的方式发挥作用,它不仅改变了食物的形态,而且,还打破了食物的地域主义限制。冰箱不仅像大坝一样调节食物的供应量,同时,它还重构了食物的空间关系。交通的便捷,大规模的冷藏处理,可以导致食物的广泛流通,各种外地的食物会穿越层层障碍而四处奔走——它们的最后一站通常是冰箱。没有冰箱的存在,食物的旅行,尤其是肉食的旅行,会大打折扣。冰箱和快速的交通工具一道,将异地的食物进行搬运和储存,从而让食物冲破自身的限制,而获得空间和时间上的广泛适应性。食物的全球化很大程度上都有赖于冰箱的存在:一个四川的家庭冰箱中可能会存储日本海的三文鱼。对于食物运输而言,冰箱是交通工具的隐蔽环节,是它的最后一环。

这样,一种去地域化的食物或者饮食风格就可能形成。而食物天生就是充满着地域性的。早期人类的食谱"已经是当地生态系统的食物链中的一环了。当栽培植物和驯养动物开始在许多民族中提供大宗的食物时,地方性的饮食模式便日益显著起来,因为被置于家用范围内的第一批植物和动物,只能是那些自然生长于或容易适应于各特定地区的植物和动物"。(张光直)人类最初的劳动就是生产食物。他们的产品就是他们的食物。他们借助地方特性,借助当地的土壤和气候的特性,来生产食物。他们和食物构成一种直接关系:他们能种什么就种什么,能种什么就吃什么。他们吃什么,就会变成什么。就此,食物和人有一种同构关系。它们分享了同一种自然形态。但是,现在,食物和它的生产者分离了。即便是种植食物的人,也会吃其他地方转移过来的食物。而大量的人不生产食物——尽管大部分人是以食物作为自己的主要生活对象和目标,尽管生存下去的直接目的就是食物的攫取。人们说,今天的人就是为了活得更好,就是生存得更好,就是吃得更好——但是,许多人是以远离食物的方式来获得食物的。一个城市中的人,他不会做饭,不了解菜场,不辨识禾苗,但是,他之所以兢兢业业,却不过是为了吃得更好。他可以间接地获得这些。同所有的商品一样,食物也经历了一个彻底的市场化过程。一个人获得食物的方式,不再是直接对其进行种植生产,而是通过市场这第一个中介。现在,有了第二个中介,即冰箱。冰箱加强了食物流通的能力,加剧了食物脱地域化的倾向。它可以在异地还保存着食物的初始状态。这同那些经过化工处理的防腐食物完全不一样。对于后者而言,食物的性质已经改变,食物被添加了其他的要素而发生了化学反应:它改变了食物最初的基本构成。这同那些通过腌制的方式保持食物长久存在的方式也不一样,对于这些腌制食物而言,食物添加了大量的盐分——在某种意义上,这已经是另一种食物了。我们只要看看腌制过的咸鱼,它和鲜鱼好像是两种没有关联的食物。

就此,人们会破除这样的观念:川菜只能在四川吃到,鲁菜只能在山东吃到。事实是,川菜可以在全世界吃到。反过来,人们也可以在四川吃到全世界的食物。不仅如此,一种纯粹的川菜,一种典型的川菜已经不存在了。没有一种纯粹的川菜。川菜总是被改良,它总是被添加了全球各地的食材。这正是食物旅行的结果——不是指的食物到处被栽培,而是指的食物到处被运输。对于一个被水泥浇灌的城市而言,它不生产任何食物,但是,它的食物配置极其丰富,城市居民家中的冰箱可能囊括了全世界的食物。这个家庭可以吃到各地的食物,他可以将不同地方的食物进行调配。他可以将四川的辣椒和日本的大虾一道烹煮。食物被广泛地杂交。正是多样化食物的出现,一个地域所特有的食物习惯被打破。食物地域和时间的独特性都消失了,制作食物的独特方式也消失了。人们从一个地方到另一个地方旅行,会发现食物的地域性在减弱,一种风格化的食物也越来越罕见。相反,食物的制作越来越标准化了,人们在不同地方的餐厅吃到的食物大同小异。

正是因为来源丰富,冰箱中的许多食物都是神秘的。人们不知道它来自何处,今天,大多数商品都有严格的标签和出厂地址,但是,许多食品却并没有明确的标志,人们几乎无法发现蔬菜、水果和肉的真正来源。食品好像都是来自一个黑暗的地带。人们能够清晰地确定冰箱中的肉的存在,但却无法确定产生这些肉的那头猪的形象——而在古代,人们不仅吃到了肉,而且也看到了肉的活生生的形态,即供应这些肉的猪;人们吃到了鸡蛋,同时也能看到下蛋的鸡。在以前,一个村子的人分享的是同一匹猪;而今天,城市一栋楼中的住户,他们的肉可能来自不同的国度。他们有无数的食物可选择,他们选取的食品千差万别,他们的烹饪风格迥然不同。城市不仅将所谓的地方菜系埋葬掉了,甚至是同一道经典的菜谱也会有不同的调配,宫保鸡丁的素材来源五花八门:不是同一笼中鸡,不是同块地中的花生,甚至也不是同一个植物上共生的辣椒。所有这些差异性都源自食物来源的多样化。而这种多样化,在很大程度上取决于冰箱的储存能力。食材大规模的时空转移,以及专门的食品工农业的诞生,并非起源于冰箱,但是,自冰箱在家庭中的普及,这些行业获得了巨大的进展,冰箱作为最后一个终端,却不无悖论地成为食品工业一个重要的发动机。

3

因为冰箱有存储的功能,所以食品的流通依赖冰箱这一终点。不仅如此,食品的制作和销售也以冰箱作为目的。如同冰箱的制作和设计也是以食物为目的一样。冰箱和食物都在相互想象对方。人们试图制作出适合冰箱的食物。正是因为冰箱的存在,人们才会大规模地制作酸奶或者冰激凌;人们才会制作大量的速食(速冻水饺等等),人们甚至会制造出许多食物现成品和半成品(比如将一道菜的各种成分准备妥当,人们从冰箱拿出来直接下锅即可);人们也会对食物采取特殊的包装方式(人们会用大的盒子来包装牛奶或者饮料。牛奶和饮料一次没法喝完就可以存放在冰箱中而不会变质浪费)。在某种意义上,许多食物在制造的环节,就将冰箱而不是灶台作为它的归属之地。就此,冰箱是食物的潜在作者。

不仅如此,冰箱也是另一种加工食物的方式。对于许多食品而言,需要用火的方式使之升温、加热,改变它的性状,最后成为可吃的客体。也就是说,大量食物的加工程序是,它们从冷的冰箱中取出来,然后放到热的锅中。但是,对另一些食品而言,冰箱则通过相反的方式来改造它们:即让它们从一个常温状态变凉、冷却从而获得最佳的食用效果。在夏天尤其如此,人们将饮料、瓜果、冰激凌甚至是点心,都放进冰箱之中,人们可以吃到大量的冷饮从而消除炎热。可以说,正是冰箱首次轻而易举地制造了解暑降温的食品,冰箱在夏天的降温能力,犹如火锅在冬天的保暖能力。它也是一种炊事工具,是一个反向的炊事工具。甚至一些被火加工过的食物,还经常回放到冰箱中,进行第二次冷却加工。比如夏天的绿豆汤,人们先将它煮熟,但是还要将它存放在冰箱中,让它达到一个低温状态才真正地开始食用。也就是说,灶具和冰箱,这对立的两极,让一道食物经历冰火两重天的炼狱。还有另外一些菜品,当它被火加热食用之后,它剩余的没有吃完的部分也放到冰箱中,留待下一次再次食用,但是,许多人喜欢吃这种剩余的冷餐——比如很多人喜欢吃鱼冻或肉冻。正是冰箱,使得食品真正有了寒热之分。冰箱赋予食物以寒气,并借助食物将这种寒气直接而迅速地送进人的体内。自从冰箱出现以来,人们前所未有地制造了大量的冷饮,这些冷饮直接地改造了肠胃的功能,正如早先的人们逐渐地将被加热过的东西作为饮食从而改变了肠胃的吸收能力一样。火的发明是对人类饮食习惯的重大改变;而冰箱的发明,再次从另一个相反的角度大规模地重塑了人们的饮食习惯,重塑了人的身体。人类身体的变化,当然和食物的变化相关:先是直接吃生食,吃大自然能够给予的东西;接着是自己种植食物,饲养食物,自己吃自己制造的东西;最后是吃别人制造的食物,吃被大规模加工过的现代食物。先是吃生食,接着是吃火加工的食物,现在是吃冰箱加工的食物,吃火和冰箱共同加工的食物。人们既吃人为加热的食物,也吃人为变冷的食物。

冰箱还有另外一种加工食物的方式。不是对食物进行烹调,而是对食物进行分类和细化。对冰箱而言,食物买回来后,为了适应冰箱内部的空间,就要对它进行切割,比如肉的切割。冰箱也因此获得更大的适应能力。事实上,冰箱是对食物的第一次处理和加工,它常常让食物被塑料袋包裹起来。

冰箱培植了一种食物分类学：食物摆置的分类，食物特性的分类，食物知识的分类。冰箱确定了许多食物的知识：什么食物可以被冷冻？什么食物可以被冷藏？什么食物不应该置入冰箱中？什么食物和其他的食物可以混放在一起？食物可以在冰箱中存放多长时间？人们处理肉食的习惯和处理素食的习惯差异是什么？人们如何处理熟食和生食？冰箱按照食物的知识来处理食物，它本身是认知食物的第一个工具。尽管人们在锅中可以将素食和肉食进行杂交，但是，对于冰箱来说，素食和肉食必须界线分明。冰箱是食物制作之前的加工工具。

冰箱不仅改变了食物的制造方式，还改变了食物的销售方式。冰箱主要对接的是超市。超市里面有许多冰柜，它们是家用冰箱的孪生兄弟。食物正是从超市的冰柜中经过短暂的过渡转移到家庭中的冰箱里来。事实上，不仅是冰柜中的食物，超市中的其他食物的终点也是家庭中的冰箱——冰箱内部的摆置格式同超市的货架模式十分相像，它们移植了超市的一格一格上下摆放的货架模式。而无数的家用冰箱，则移植了超市货架上的食品。城市家庭中冰箱的多少，决定了城市中的超市数量。是冰箱决定了超市。无数的冰箱共享一个超市。人们奔赴超市,很大程度上就是为了填满冰箱。

在一切购买行为中,食物的购买最为紧迫。同所有的商品不一样,食物作为商品是必须要每天消费的。也就是说,食物是购买频率最高的商品,也是最重要的商品。人们可以推迟其他商品的消费,但是,食物的消费片刻也不能延缓。正是因为冰箱的出现,食物的购买发生了根本的变化,人们不需要每天去购物了。冰箱可以存储大量的食品——通常,一个冰箱可以保证一周的食物供应。这大概也是冰箱容积设计的一个基本原则。正是冰箱的存在,人们可以按照现代社会的工作节奏安排食物的采购,人们一周只须购物一次,人们只在周日购物——在现代社会,周日并非用于休息,而是用来实践家政,用来从事家庭卫生,用来购物,用来填充冰箱。对大多数人来说,每个周日,都是冰箱的补给日。上班日,冰箱被逐渐掏空;周日,冰箱得到彻底的补给。这是冰箱的轮回法则。人们在一个休闲的假日决定了未来几天的基本菜谱。冰箱将人们从日复一日的烦琐购物中解脱出来,从而能够真正地专注工作。

　　冰箱也可以节省烹饪时间。一日三餐,这几乎是铁的法则。人类最基本的动能就是满足这一法则。为此,人们忙忙碌碌,四处奔波。最初的工作就是为了获得最好的食物保证。但是,今天,人们为了工作却牺牲了食物的享受。人们减少吃饭的时间,是为了更有效地投入工作。对许多人来说,吃饭不过是完成一个任务,是继续工作的一个手段。先前,工作是为了吃饭,而现在,吃饭是为了工作。人们越来越简单地对待吃饭,人们越来越多地在家庭之外吃饭。大量的快餐店应运而生。正是对工作高强度的投入,吃饭以及食物制作,有了一种新的要求,它需要简洁,需要快速,需要节省大量时间。事实上,每天的食物制作非常烦琐,如果没有一个专人在家庭中从事这个工作的话,每天的烹饪对每个家庭将会成为一个巨大的难题。这就迫切地要求简化它的程序。尽管还是一天三餐(这个频率亘古不变,对家庭负责做饭的人来说是一个永恒的悲剧),但是人们的食物制作越来越快,人们吃得越来越快,人们吃得越来越简单。大量的熟食和半成品食物出现了,而冰箱在其中扮演了一个至关重要的角色,因为许多速食就是以冰箱作为目标。正是冰箱存储了这些速食,正是冰箱保证了它们短期内的保鲜。这些速食大多已经加工完毕,从冰箱里面拿出来或者直接食用(如面包),或者只是进行简单的加热。人们会快速地煮熟饺子,会快速地煎好香肠,甚至有一些复杂的菜肴在超市中已经调配妥当(有一种纸盒包装好的宫保鸡丁,更不用说那些已经切好的牛排了),直接将它们放置在油锅中即可。还有许多人一次加工了过量的食物(比如熬了一大锅肉汤),然后将它们储存在冰箱中,每一次从冰箱中取出一部分来加热即可,这是自己制作的熟食。速食和熟食正是借用了冰箱才被如此普遍地运用,正是冰箱催熟了它们。

  冰箱是以存储的方式来对食物进行保护的。但是,另一方面,冰箱也对食物构成了伤害。那些鲜活的原初食物,比如鲜肉,蔬菜和水果,一旦存放到冰箱中,它们的魂灵也在缓缓地丧失。人们因为过分地信赖冰箱,或者说,人们现在不得不信赖冰箱(人们离开冰箱将会感到巨大的不适应),以至于绝大多数食物总是要经过冰箱的处理。但是,冰箱中的食物总是在悄悄地发生变化。人们总是说,在冰箱中存放过的食物并不新鲜,因为食物最精髓最微妙之处,正是在冰箱的存放中悄悄地消失了。人们能够轻易地辨认出一条刚刚宰杀的鱼和一条从冰箱的冷冻中拿出来进行烹煮的鱼的口味差异。这个差异正是冰箱导致的。对于绝大多数食物而言,其美妙之处就在于它的新鲜,就在于它刚刚被屠宰,或者刚刚从泥土或者树枝上被摘掉之际所保留的精华。人们意在通过冰箱来留住这种精华,但是,冰箱最终剔除了这种精华。冰箱阻止食物的腐败,同时也损毁了食物特有的灵魂。这是现代人的悲哀:一种真正的美食正渐趋消失。食物不仅是栽培和加工的产物,它已经远离了它的野生性;同时,冰箱还进一步地剔除了它的特有灵魂。一种本真和原初的食物,自从放进冰箱中后,就一劳永逸地丧失了。今天,人们不再竭尽全力去试图接近食物的真相,而是通过对食物添加各种调味品来制造一个食物的真相。人们的味觉失去了判断食物精妙之处的能力。

就此,吃饭已经远离了享受这个层面,今天的日常饮食不再是漫长而精致的品尝过程。人们只是在一个特殊的时刻,一个重要的节日般的时刻,才会精心地烹调从而享受一顿美味。在通常情况下,越来越多的食物被事先制作,以商品的形式出售,从而减低在家中烹饪的时间和环节——也就是说,我们越来越多地遭遇现成的食物(看看那些无处不在的饼干和面包!),我们甚至难以发现这些食物的基本素材,我们难以辨认那些饼干的真实成分,我们看不出来我们吃的食物的最初形式,我们吃的是我们从未见过的东西。食物在今天发生了异化——我们吃的不是原初的食物,而是被工业改造过的食物,是人工的食物,我们对这个人工化的食物再次加工,再次对它进行人工化。食物从它的初始原料来到我们的餐桌上,历经各种磨砺,获得了漫长而曲折的人生。我们再也不是绝对地对活生生的食物进行直接的烹饪了。我们同初始食物之间通常存在着一个中介,人们越来越少地看到食物的最初形象——如果说,在先前的农业社会,人们拼命地劳作,就是为了直接给自己培养食物,他们饲养动物,种植植物,他们直接从田野中带回食物:他们带回了树丛中奔跑的动物,带回了田野中安静的植物——带回活生生的食物。劳作的目的就是可见的食物本身。而现在,我们出门拼命地工作,却总是空手而归。我们的工作看起来和食物完全没有关联。食物从来不在各种办公大楼中出现,它不在工作环境中出现。它们总是固定地存储在超市或者菜场中,以及与之对接的冰箱中——食物确实存在着一个自主的空间链条,也存在着一个自主的生产和销售链条。大部分人已经从食物的生产和制作中解脱出来。食物有它的专属领域。食物从各个方面要拼命地和我们的工作隔离开来。工作和食物好像各行其道。这是劳动分工的一个伟大发明。现在,它们看起来不是我们工作的捕捉对象,它好像不再是工作的目的;现在,它们已经得到了改造和加工,已经转换成为商品;现在,它们唾手可得,已经为各种烹调或者进食准备妥当。这些现代的食品,在不断地转向速食和熟食的形态。这些食物的现成品或者半现成品,通常是以冰箱为中介,它们洞见到这个现代社会的速率的提高,它们是食品工业和冰箱的共谋,它们不仅吻合了这个时代的快节奏,而且也是这个时代快节奏的一个助推器。尽管冰箱安静而沉默地矗立在家庭中的某个角落,但是,它不知道,它也是这个社会高速运转的一个车轮。

4

厨房是一个烦琐的劳作之地。如果厨房足够大,冰箱就会置放在厨房中。厨房被机器所包围,是家庭中的真正工厂。厨房充满着各种各样的家用电器:燃气灶,微波炉,油烟机,五花八门的电锅以及冰箱。在烹饪的时候,油烟机的声音、锅中炒菜的喧嚣声以及火的呲呲声,这些都让厨房充满了烦躁,加剧了厨房的喧哗,厨房变成了一个沸腾的车间,一个充满危险的车间,一个燃烧的车间,一个充满了各种气味的小型化工厂。它迫使人们高度紧张、专注和耐心,它是家庭中最危险之地——人们常常不经意在厨房中受伤,要么是切割食物时的刀伤,要么是与火相关的烫伤(孩子们一般是被严格地禁止到厨房中去的)。在厨房中,这所有的机器,唯有冰箱是冷静而安全的。冰箱和所有的机器格格不入:厨房中的大多数机器是加热的,只有冰箱是制冷的;大多数机器是喧哗的,只有冰箱是安静的。尽管如此,冰箱和它们构成了一个机器体系,它们相互关联和配合,它们各司其责,共同让一个总体性的厨房机器正常运转。而冰箱是这个机器体系的开端,是它的发动机。厨房工厂的启动首先来自冰箱。如果冰箱里面空空如也,那么整个厨房就像没有油料一样。人们打开冰箱,掏出食物,将食物进行处理后,再用另外的机器对其进行加工。燃气灶或者微波炉或者各式电锅,它们是冰箱的对接,是冰箱的终端。而被加热过的食物,一旦没有及时吃完,也可能被冰箱再次回收,然后再次加热。就此,在厨房中,食物从一个冷却的状态,迅速过渡到一个炙烤的状态,它们很难获得空气中的常温。而冰箱和灶具,也构成一个机器体系中既关联也对立的两端。

我们已经说过,冰箱是一个收藏食物的柜子。它残存着家具的特征。尽管它是一个机器,但是,因为它冷静不动,沉默无声,它在努力地遏制自身的机器风格。它像是一个死的机器。机器通常意味着不断地运转,或者说,不断地需要人的开关,但是,冰箱无须开关,它并不具备一个开端和终结的机器过程(空调,电视,洗衣机,燃气灶,微波炉,等等,都是按动按钮,让它启动,任务完成后,再按下按钮,让它终结——这是一个时间过程,一个机器的运转过程,一个有头有尾的叙事过程)。它安装完毕后就一直如此(它甚至不需要安装,直接插上电源即可)。对待它就像对待一个衣柜或者一个书柜一样。人们需要一本书,需要一件衣服,就去打开书柜或者衣柜;人们需要食物就打开冰箱。冰箱是被打开的和被合拢的,而不是被开启和被终结的。冰箱的使用完全是家具的使用方式,而不是机器的使用方式。它的每一次工作只需要一个瞬间动作,而不需要一个时间性的情节。冰箱看起来好像没有工作一样,或者说,它的工作被掩饰了,人们很难看到它在工作。也可以说,冰箱一直在工作,长年累月地工作,永恒地工作,以至于它像没有工作一样。这是它和其他家用机器的差别所在。对于其他的机器而言,总是有一个休息的时刻,有一个关闭的时刻,因而也有一个开启和运转的时刻。但冰箱从不关闭,从不休息。它只有门的关闭,而没有机器自身的关闭。

但是,人们对这个神秘的总是被关闭的门内的情况并不了解。人们总是往里面塞进东西,但人们也总是忘了里面到底塞进过什么东西。人们也不清楚有多少东西已经被取出来了。如果一个家庭中有多人有购物行为的话更是如此。对家庭的每个成员来说,他们并不是对家中的一切都了如指掌。他们成为各种家政的主人:有人负责存折的保管,有人负责衣物搜集,有人负责清洁卫生,还有人负责冰箱和烹饪。冰箱需要一个人专职对待,正像家中有个人总是专门看电视,有个人总是负责启动洗衣机一样。家庭也存在劳动分工,尽管一个人可能会负责几项专门的家庭工作。但是,尽管这些家政工作日复一日,无穷无尽,但它们好像总是业余的:管理钱财的人绝对不会自称为会计或出纳。那个每天烹饪的人也绝对不会自称为厨师。总之,一定有个人在认真地打理冰箱,正是他(她)有着充分的权力来决定家庭成员的饮食选择。如果说家庭中的快乐很大一部分来自餐桌的话,那么,一个家庭中的烹饪者是快乐的制造者或者不快的重要来源。他(她)充满效率地管理冰箱,日复一日地制作食物。这个工作如此之重要,它甚至是家政的灵魂。但是,这个烹饪者往往不是家庭的核心人物,因为他(她)的主要精力投入到家庭内部,家中的核心人物往往是在家外忙碌的人,是投身于社会中的人。投身于社会中的人,通常不投身于厨房。除了这个冰箱的管理者外,另外的家人对冰箱一无所知。他们只有在饥渴之际才想起冰箱,才冲向冰箱,打开冰箱,他们会在冰箱中盲目地搜寻:有时会有小小的满足,有时却一无所获。这全部取决于那个冰箱的主人。

但即便是这个主人,有时也会对冰箱产生盲区。许多食物在冰箱中被彻底遗忘了。事实上,许多食物正是在冰箱的庇护下发生腐败的。冰箱也会成为食物腐败的根源。从冰箱中拿出来扔掉的东西,或许比置身于冰箱之外而最终腐败的东西更多,因为,在冰箱之外的食物总是具有可见性,人们总是能看到它的质变情况,能看到它的腐败进程。但是,冰箱中的腐败是隐匿的,是悄然发生的。人们只有在整理冰箱的时候,只有在对冰箱进行细察的时候,才会发现冰箱中有诸多变质之物。每次对冰箱的彻底清理,总是意味着对其中的食物的大量抛弃。在这个意义上,冰箱并不只是意味着节俭,它同时也意味着浪费。冰箱获得了人们的信任,但是最终也滥用了人们的信任。

所有这些,都是因为冰箱的不可见性:它外在的洁白景观，它内在的黑暗真理。但是，这个冰箱仍然具有可见性。人们试图在它单调的造型和外观上赋予一种活泼的风格，人们在它上面贴满了冰箱贴。这些俏皮的仿各种造型的冰箱贴，仿佛让这个死气沉沉的机器在说话，既是对不断打开和关闭它的人在说话，也是对那些沉浸在一个幽暗空间的孤独食物在说话。

收音机

1

　　收音机对身体并不产生一种特殊的要求——它和人的身体保持某种松散的关系。这和电视机迥异。电视不仅损毁人的视力,而且,它还促使你长时间地窝在沙发上,使得身体变得慵懒。不仅如此,电视机和沙发有一种对偶关系,它们总是维持着一个特定距离并相向而对——事实上,电视机,沙发和身体在今天组成了居住空间内部的三位一体,在黄昏来临之际,这个三位一体的机制开始启动。看电视的时候,你要准备好,你要安静下来,并且要保持一个恰当的位置,恰当的空间和恰当的姿态(有时候要嗑瓜子,有时候要泡一杯茶)——电视机通常位居家庭空间的中心,一个巨大的黑盒子置入家中醒目的位置。看电视变成了一个日常的程序化仪式——这个仪式的中心是机器本身。在看电视的过程中,身体总是被动的,电视以强烈的物质性存在于家庭的固定中心,它需要身体去适应它,身体因此总是消极的,总是要跟它们形成一种固定的空间关系,总是要同它们组装在一起,总是不得不直面它们,身体总是被这种电视机器所束缚,也就是说,身体要适应和迎合机器:机器的位置固定了,身体的位置就固定了。

但是,收音机则完全不同,人们不仅不受收音机的方位控制,还可以同收音机保持一段灵活的距离;收音机并不要求人们保持不动,相反,人们可以不断地让收音机移动,让收音机配合和适应自己,收音机可以摆放在任何一个地方(有时候你甚至忘记了它置放在哪里),它可以放在你的口袋中,也可以别在你的腰身,可以直接放在你的耳边,也可以放在你的床头。它如此地轻巧,并如此地具有移动性,以至于常常被不经意地摔坏(事实上,很多收音机的最后命运就取决于偶然的一摔),这样,身体完全保持对收音机的独立。收音机并不能阻止人们去做饭或者去散步。甚至是,当人们在大范围内移动的时候,还可以携带着收音机,也就是说,人们可以操纵收音机的身体,而不是像电视机那样相反地操纵人们的身体。从这个意义上来看,收音机可以被当作一个附属物,一个玩物,它听命于你,它服从于你的身体,它没有空间的自主性和独立性。收音机和身体组成的是一个临时性的流动关系。

这样,相对于收音机而言,看电视像是一个专门工作,它要全力以赴地投入,身体依附于电视机,就类似于工人依附于机器。尽管看电视是一种休息方式,但在对机器的专注,对机器的被动臣服这一点上,它同工厂中的机器劳动相类似:眼睛被电视机所掌控,正如手被流水线上的机器所掌控;这不过是一种视觉劳动,尽管它看起来是娱乐行为。事实上,当代的诸多同机器相关的娱乐活动,都是以劳动的方式,以耗费身体的方式来进行的(它的典范是电脑游戏)。而听收音机不需要身体的全力以赴,不需要娱乐的仪式,不需要身体的劳动。也就是说,在这诸多机器娱乐之中,收音机将它的机器特征削减到最微弱的地步——无论是从形象上来说,还是从对身体的要求上来说。收音机是最健康的机器,它并不影响和改造身体,不生产任何的疾病。事实上,收音机与其说同身体发生一种密不可分的关系,不如说它更像是身体自由散漫的背景——这全然依赖于耳朵的功能,收音机只对耳朵负责,而耳朵是如此地灵活,如此地狡猾和隐秘,它可以轻而易举地克服一定距离来捕捉住来自四面八方的声音。也就是说,它可以克服眼睛、手、脚等其他器官对机器所作出的特殊要求。

收音机也使得耳朵从整个人的社会形象中解脱出来。耳朵,在许多情况下,是一个狡猾的表演道具——某种意义上,在所有的器官中,它或许是最具有表演性的器官之一:它没有表情,没有声音,没有动作,耳朵似乎没有感受性,它天生就像是聋的,天生就像是"聋子的耳朵"。它与其说是身体上的器官,不如说是身体上的一个静物。耳朵不表意(虽然有时候被看作是命运的征兆)。耳朵是否启动它的倾听功能,从耳朵本身几乎无法断定。要确定一个人是否倾听,观察眼睛比观察耳朵更加有效。正是这种表意性的匮乏,耳朵具有强大的掩饰能力:耳朵有时候故意不听,有时候故意偷听,有时候故意地装作在听,有时候"一只耳朵进一只耳朵出"地在听——你从耳朵的形态本身很难对此进行区分。

正是这种伪装的耳朵,使得说话本身充满了喜剧性：人们对着充耳不闻的人还侃侃而谈（看看那些台上讲话的领导吧！），人们每天会生产出如此之多的无人消费的声音，会生产出如此之多的废话，世上或许没有比言谈更加令人痛心疾首的浪费了！不仅如此，还有大量的声音无法听懂，尽管耳朵全神贯注(竖起耳朵！)，尽管它在努力地去捕捉声音，尽管耳朵占据着此刻的全部身体空间，但是，这种声音还是表现为声响，表现为一种纯粹的声音本身——声音并没有转化为明确的意义，或者说，声音并没有被耳朵转化为意义，它表现为另外一种形式的废话，或者说，它要么表现为一种无意义的噪音，要么表现为一种充满意义的废话。还有一种声音也无法找到耳朵，它独特，迥异，奇诡，它编织了自己深渊般的意义，以至于任何耳朵都捕捉不住这种意义。

这样，在面对面的交往中，尽管一个声音在对着一对耳朵说，但是，它还是无法在耳朵这里栖息。声音，有时候找不到耳朵——这是人的声音的一个宿命性悲剧。但是，反过来，耳朵有时候找不到一个恰当的声音，这是耳朵的悲剧。耳朵总是被噪音和废话所充斥。充耳不闻，但并不意味着听不到声音——耳朵的悲剧在于,它总是能听到声音,总是能听到它不愿意听到的声音。耳朵无法自我关闭。这是它同眼睛不一样的地方:眼睛可以不看,但是,耳朵不能不听。可以闭上眼睛,可以将视线挪开,可以转动身体以转移观看的目标——不看是可能的;但是,不听则是不可能的——有时候耳朵整天被噪音所强制性地塞满。相对于眼睛来说,耳朵更加被动,如果不将声音转化为意义,就只能到处遭遇噪音。"这是因为耳朵始终是开放的,容易接受刺激,因而比目光更为被动吗?闭上眼睛或分散注意力比避免倾听更加自然。"[1]就此而言,耳朵是最富于悲剧性的器官:日常的焦虑和烦躁更多地来自耳朵,而不是眼睛。

2

耳朵和声音的错位、落差、不协调,正是收音机的出发点之一。收音机,它的全部使命,就是要为

---

[1] [法]雅克·德里达:《论文字学》,汪堂家译,上海译文出版社1999年版,第342页。

耳朵寻找恰当的声音。不听的耳朵,没有意义;不被听的声音,也没有意义。而通常的情况是,耳朵和它乐意倾听的声音通常失之交臂。在这个意义上,收音机恰好解决了这个矛盾。它为耳朵寻觅声音。在收音机的播放中,声音和耳朵能够缝合在一起——在此,耳朵有权选择声音,它不是一个被动器官,它可以自如地应对这声音。对于听众而言,它既是这个声音的倾听者,在某种意义上,又是这个声音的控制者:它可以让这声音出现,让它消失,让它变强,变弱,让它不停地变换(从男声到女声,从说话到歌唱,从人声到乐音,还有从滋滋般的噪音到纯净的嗓音),直到贴切的声音驻扎在它的耳畔。

这样,一个奇怪的事实出现了:这个声音来自机器,但是,吊诡的是,它仿佛也来自于你自己,仿佛是你自己制造出来的声音,人们仿佛自己能和这声音嬉戏,能抚弄这声音,能和这声音相互愉快地应答。这声音的确不是来自你的内部,但似乎又是来自你内部——这仿佛是听众自己创造的声音。确实,声音,通常来自人体的外部,是作为他者强行地闯入你的耳朵中,人们无法预测、无法干预、无法阻止这声音的外部闯入。但是,收音机的声音,你可以控制住它,就像你的舌头可以控制你的发音一样,你似乎拥有收音机的舌头。在这个意义上,你是这声音的起源。这是在倾听他者,但又仿佛是在倾听自己。倾听,这是自我和他者之间的声音游戏,但又是自己同自己之间所玩弄的声音游戏。耳朵第一次成为声音的主人,它独立于声音,并从声音那里获得了自由。

一旦是自己听自己,一旦声音不再由他者来引发,一旦不再是面对面的言说,那么,面对收音机,耳朵顿时驱赶了它固有的表演性:在一个机器面前,丝毫不用伪装去听。一种单纯的倾听出现了:不用迎合着去听,不用去表演式地夸张地倾听,不用不耐烦地去听,总之,不用对说话者针对性地去听,不用调动其他感官来辅助性地听,也就是说,人们可以闭着眼睛去听,人们可以完全甩开周遭的一切去听——事实上,人们常常躺着去听。这样,耳朵在这种倾听中保持了它的纯粹童贞。耳朵依照它本身的意志来接受声音,这是声音和耳朵自然地毫无瑕疵的对接——并没有什么外在中介在这二者之间施展巧计和权力。在这种倾听中,耳朵获得了巨大的自主性：在收音机的声音面前，耳朵恢复为一个纯粹的倾听器官。

一旦耳朵完全为声音而存在，我们会惊讶地发现，作为媒介的收音机消失了，机器本身消失了。这声音，好像来自于虚空，来自于沉默的空间。声音是这个沉默空间中的幽灵，它加剧了这个空间的沉默，使这个空间更加沉默，使这个沉默空间中的一切物体更加沉默，使得收音机更加沉默。一种奇妙的声音感受出现了：这声音，好像来自于机器；这声音，好像来自于一个说话者；这声音，好像迈着幽灵的旋转步伐，来自于一个缥缈的非主体，来自沉默的虚空。收音机，在发出声音的同时也宣告了自己的死亡。声音让周围的一切都沉寂和死亡——这和电视机的声音效应完全相反：电视机总是固执地存在：我们会非常肯定地发现，是电视机在说话。眼睛盯着电视机，将画面包围起来的电视机的黑框架显示了机器本身的顽固存在；电视机以其强烈的视觉构造，醒目地存在在那里，声音是从那个发出光源并在闪烁的地点传递过来，而收音机则是摆放在那里——但是是随意地无规则地偶然地摆放，是作为一个日常物品摆放在那里，它并没有固定而强悍的姿态，它并不惹人注目，看上去非常平庸——好像它并没有能力如此地不知疲倦地喋喋不休，没有什么显赫的标记显示它在说话。事实上，收音机如此地没有感官性，如此地僵化，我们甚至要说，它如此地不性感，以至于将自己谦卑地隐没起来，隐没在一堆家居杂物之中——确实，人们在收音机身上找不到一种特殊的感官享受，它是一个隐藏起来的媒介，是一个收敛的说话机器——我们听到一个声音从房间的某个地方传来，我们有时候会无法断定，这到底是机器在说，还是人在说？

事实上，这与其说是人的声音，不如说是人和机器的一个组装声音。人声通过机器传递出来，但是，机器并非一个透明的渠道，并非声音的纯粹媒介。声音真的是借助机器而说给人听的吗？这声音难道不是为机器而存在？或许，这声音一开始是将收音机本身作为对象的，或者说，它首先是为机器而存在的。人声的发出，第一个倾听者是机器。声音的首要目标是机器。声音，一定要迎合机器本身。在另一个方面，这机器，如同声音的一个新的发音器官，如同舌头，嘴唇，鼻孔，喉咙这样的发音器官一样，声音是气流通过这些器官的组合碰撞而形成。机器,和这些身体上的器官一道,改变声音的音质,语法和意义。机器在影响声音。声音总是被机器这个新的额外发声器官所改变。因此,这是一种混合了机器的人声。正是由于人声的这种机器特质,使得这种声音更加庄重,更加硬朗,更加权威,更加充满了"真理",这种声音具备一种机器般的铿锵节奏。在收音机完全服务于权力的特定时刻(文化大革命期间),收音机的声音(通常借助公开的广播形式),抹去了人声的偶然性和私人性,甚至抹去了人声的欲望和性别,它像机器按照一定的配件在自动编码和生成。这是一种机器-人声的组装。这种组装既不是人在单独地说话,也不是机器在说话,而是人和机器的合奏。也正是由此,在历史的这些特定时刻,播音员并不重要,因为他们的发音系统被同一个机器要素所改写而表现出相似的声音,这声音具有钢铁般的音质和调子。

由于这个声音配上了新的发音器官,它可以传播得更加遥远,它可以向不同地方的人同时发声。这个新的发声器官,使得声音具有无限的传递能力。声音从身体的局限性中解脱出来,可以穿越地点的阻碍,无限制地播撒。第一次,一种充满了意义的声音,在辽阔的大地上四处奔走,钻进了不同地方不同人群的耳朵中。因此,这种声音不得不是一种公共语言——它要获得普遍性,它要为自己制定标准发音,从而能够为最大多数的人所听懂。因此,它必须严格地清除狭隘的地方语言,使不同地方的人们能够分享这种普通语言。事实上,这种普通语言还有巨大的教育功能,它有一种示范性,能让持不同方言的人群对其进行模仿,进而能够借助这种语言交流。收音机以"国语"的形式统摄了持各种方言的人们,从而完成一个声音共同体的建构——这个声音共同体无疑是某种类型的政治共同体的一个必要前提。毫无疑问,收音机是第一次对方言的强力摧毁。

3

收音机创造了一种纯粹的声音交流,从而将所有交流的辅助器官清除了,正如它清除了所有的方言一样。这是一个完整的声音系统——也就是说,在收音机这里,单独凭借声音本身,意义就要完全和充分地得到表达。事实上,声音和意义有时候并不协调——在面对面的交流的时候,声音并不需要得到充分的表达,或者可以说,声音并不是唯一的表达意义的方式。意义有时候可以通过手势,通过身体姿态来表达。"手势是言语的附属物,但这种附属物不是人为的替补,它是对更为自然、更有表现力、更为直接的符号的重新定向……这种反省的、交互的、沉思的、无限的替补结构只能说明这样一个事实:当言语伴随缺席的更大威胁并且有损生命的活力时,空间语言、眼光和沉默有时会取代言语。在这种情况下,可见的手势语反而更加生动。"[1]而在收音机这里,纯粹的声音编织成一个自主而饱满的意义系统,它是一个整全的文本——不能有遗漏,不能有空白,不能有歧义,不能有意义的绝境和深渊,也即是说,声音和意义必须完全匹配,这二者之间不能有任何的断裂和缺席。声音完全是为了传达意义而存在,意义也唯有凭借声音才能获得它的饱和性。为此,它还要求一种普遍语法。这种普遍语法只能是换喻性的,它要尽可能消除书

---

[1] [法]雅克·德里达:《论文字学》,汪堂家译,上海译文出版社1999年版,第341—342页。

写文字中的隐喻和象征,要消除一切曲折、隐晦和缠绕的修辞,它还要消除黑话、行话和脏话。一般而言,它既不高度书面化,也不高度口语化——书面语过于规范,它使得声音/意义系统变得矫情和造作;口语过于随意,它既损害了机器本身的严肃,也使得声音/意义系统容易产生漏洞。它介于书面语和口语之间。这是一种轻度的书面语,或者说,这是轻度的口语。就此,收音机中的声音既不能随心所欲地四处游荡,也不能逐字逐句进行哲学朗诵。相反,它坦露在光天化日之下,透明、简单而健康。

这是交流中的纯粹声音中心主义。声音和耳朵是这种交流中的唯一对子。尽管都是来自机器,但收音机的声音和电视的声音也迥异。在电视机那里,声音有时候是辅助性的,电视机直接通过画面来叙述,电视声音往往是对画面的解释和说明。面对电视机,人们需要调动各种器官。目光通常压倒了耳朵(人们常常抱怨电视中的体育解说破坏了电视画面本身)。而收音机是通盘叙述——电视的声音可以中断,可以出现临时性的沉默。收音机的声音则不能中断,它要不停地发声——它毫不间断,它丝毫不能沉默——所有的意义都埋伏在声音之中,意义的链条埋伏在声音的链条之中。收音机将声音的链条贯穿起来,人们甚至可以说,收音机存在本身就是声音的无限链条,声音的中断就是收音机的疾病。

正是在这个意义上,音乐和收音机有一种特殊的关系:收音机要大量地征用音乐——在无话可说的时候,在再也不需要人声的时候,在两个节目的过渡看上去非常冒失的时刻,音乐可以取代沉默或者尴尬;就此,音乐不仅是为了被倾听,音乐不仅将它固有的功能和价值充分地表达出来(人们出于各种各样的原因来听音乐),而且,它还是为了填补人声的空白,为了挽救收音机的疾病——人们在收音机这里甚至会发现,有意义的声音似乎只有人声和乐音——似乎只有这两类声音才能被耳朵所吸纳。收音机就成为音乐和人声的不间断的变奏(还有信号不好的时候发出的"滋滋滋"杂音)。音乐如此地适应收音机,甚至会有一种专门的音乐电台。不过,在收音机里面听音乐完全不同于听唱片,后者总是有一个固定的模式,有一个程序,有一个结构。听唱片,就是对音乐的一遍遍的准确复习。而收音机中传出来的音乐是无法预料的,它会出现意外的新奇的声音。无论是哪种类型的声音,无论这声音是否动听,但可以肯定的是,在收音机这里,声音必须在所有的时间轨道上迸发,声音/意义之流要吻合时间之流。而电视机是直接地"呈现",它的画面叙事看上去更加"客观"和"真实",因此,它的声音链条不那么严密:在电视中,体育转播的主持人并不需要滔滔不绝,他只需要点评。而收音机中的体育评论员,必须满负荷地叙事,必须拼命地抓住场面,必须具备一种总体性目光。这也就是为什么早期电台的体育评论员的语速非常快的原因——他要将看到的东西尽可能地"再现"出来,这就要求一种加速度的语言。

　　声音是收音机的存在方式。它注定是多样性的。那么,只要这种声音摆脱了权力的严厉束缚,它就会出现五花八门的表演。收音机是声音表演的舞台——在此,作为能指的声音获得了自主性。在收音机中,声音不单纯是一种表意的国语工具,而且,它还绞尽脑汁地创造了包括各种发音技术和音质的特殊的能指风格——声音的高低,速度,顿挫,语调,语气以及音质本身,这所有的声音物质性,在收音机中构成了一种特殊的发声美学。会说话的人,而不是会演戏的人,声音好听的人,而不是面孔漂亮的人——也就是说,会发声的人,而不是会表演的人——曾经在收音机主宰的短暂时代成为明星。同时,因为这声音紧密地配合历史趣味,它的发声美学就记载了权力和社会的变迁,就此,声音在特定时代成为国家的意识形态机器,它不仅塑造了国语,而且它的发声方式还再造了国民的发声方式:一旦置身于公共场合,无论是课堂还是舞台,无论是官员还是孩童,人们都在模仿收音机的语调来讲述。电台的语调变成了公共发声的典范,似乎唯有这种来自于机器的发声,才能宣讲真理。这来自机器的声音,它的美学就是它的政治学。人们已经发现了机器声音在中国这短短几十年中巨大的风格变化,以及这变化的政治内涵。[①] 在这短短几十年间,电台主持人的声音已经从无性别之分的政治性的声色俱厉演变到男女主持人之间的日常性的打情骂俏。

---

① 参见张闳《现代国家的声音神话及其没落》,见蒋原伦主编:《媒介批评》第一辑,广西师范大学出版社 2005 年版。

4

无论是公开发出哪一类物质性的声音,这些播音员却是隐秘的——或者说,是无形象的。或许,我们知道这透过机器的声音的发出者来自何方;或许,我们知道发声者的姓名;或许,我们知道他的若干身份和背景;或许,一切都相反,我们对偶然而来的声音一无所知,只是一种纯粹的声音本身飘进耳朵之中——不管怎么说,这机器声音的发送者总是神秘的。这神秘的形象,成为收音机的秘密,也使得收音机获得了内在深度,似乎那个说话者就埋伏在这个机器的深处,从而支撑了收音机的纵深性。人们试图透过这声音的管道深入到它的内在性中进而获取主持人的表象。这是所有听众的一个隐秘欲望。人们总是意图将声音和发声者对应起来——但不幸的是,这个发声者总是不在场。或者,我们恰当地说,这个真实形象就是没有形象,就是形象的虚空;我们试图看到的那个说话的嘴,就是一个巨大的虚空,就是一个永恒的沉默地带,就是收音机的小喇叭。这样,这是一种奇特的讲述和倾听关系:一个无法被看见的人向另一个看不见的人讲述,一个隐匿者向另一个隐匿者讲述。这似乎是盲人之间的讲述和倾听。收音机似乎变成了讲述者和倾听者之间不可翻越的高墙。

不仅如此,那些声音天天讲述,但从来不讲述自己;那些听众天天倾听,但所有的倾听言论都与己无关。他们构成彼此的黑暗,将他们连接在一起的话语也是他们自身的异己声音。这样,这个神秘的说话者,通过讲述的方式使得自己隐匿起来。似乎是,一个人的全部存在性就是他的声音,一个人的面孔就是他的声音,就是他的独一无二的舌头,人们能够如此地熟悉这声音,人们能够通过这声音和舌头(而不是面孔和形象)来辨识一个人。甚至会出现一种奇特的迷恋:迷恋一个人,不再是迷恋他的身体,而是迷恋他的声音。这个神秘的讲述者,因为他的声音,是另一个世界的听众的熟悉的陌生人。

既然传递这声音的双方都是对方的异己,那么,讲述者为什么讲述?倾听者为什么倾听?这讲述和这倾听难道就是一种纯粹的公共信息的传递和获取？讲述既没有受到一个具体的人的现实邀请，也非讲述者自身的说话冲动（讲述者喋喋不休，多么疲劳！），讲述是为了倾听吗？对于讲述者而言，这些听众也是匿名的，他对他们一无所知。他为什么要说给他们听，他确信有人听吗？而倾听是为了什么？为了占有世界的真相？为了获取有用和有意思的知识？为了慰藉内心的哀愁？为了打发无聊的时光？为了让一个声音来划破四周的静寂（尤其是收音机里面传出来的音乐）？对，但是，无论是对于讲述者和倾听者，它们的目标都是机器本身，它们自身也是在一个机器中发生关联。对于讲述者而言，它不仅是形象的虚空，而且，可以肯定的是，它是机器的一个必要部件。自从收音机被发明出来，讲述者连同他的声音变成机器的必要零件。他（她）确实是安装在收音机体内，是收音机正常运作的必需物，收音机将一个人安置在它的体内——这不是比喻意义上的安置，而是事实上的安置。而倾听者，是收音机的另外一个接受部件，是收音机体外的部件。讲述者，倾听者和收音机构成了一个听说的新装置——它们紧密地组装在一起，一旦缺乏其中的任何一个环节，这个装置就会倒塌。因此,讲述和倾听,是一个机器的发明,是一个机器的内在要求和律令,是这个机器中不可分的部件和功能。它在一个历史时刻偶然来到了世上,开始了它的运作,使说和听进入到一个机器装置中,成为这个机器的一部分,并创造这个新的机器,同时也创造了一套前所未有的听说机制,一个陌生人之间的听说机制。这个听说机制,不是一种对话和交谈机制,它不要求反应,辩驳,对话和置疑,也就是说,这是一个纯粹的三位一体的倾听机器,是一个不争论的言谈机器。因此,首先是为机器而讲,是为机器而听;组装好了这个听说机器,我们可以如是说:这是为了听众而讲,是因为寂寞而听。听和讲是这个机器内在性的两面。它发明出来,就是发明了这样一种听和说的机制。它如同一个各种官能齐备的婴儿一样来到这世上,当然,它也会像一个老者那样离开这世上。有出生的时刻,也一定会有死亡的时刻。

只不过这个死亡时刻,没有想到会来得如此之快。另外的机器取代了它。电视机和电脑这二者已经囊括了收音机的说听能力。这些后来的机器,将收音机的绝大部分能力覆盖了,收音机被部分地内化到这些机器中——机器的变化如此地快速,这使得收音机只能同别的机器再次组装才能存活。我们已经看到,收音机只能通过自己的特殊性,在电视机和电脑所不能涉足的地方发生新的组装:同另外的机器和另外的人群再次组装,它和汽车再次组装,使得汽车开始说话,使得收音机在奔跑中讲话,收音机似乎也只有在奔跑中,在户外,在城市的某个特殊角落(诸如单位的门房),在偏僻的荒野中讲话。它不仅生成一种新空间,而且,它还生成它的新听众:出租车司机,老年人,一切被电脑和电视、被现代事物所排斥的人,在某种意义上,它生成这社会的剩余者:独身者,居无定所的人,无所事事的人,置身于黑暗角落的人,夜晚在床上辗转反侧的人。收音机的倾听者,正是我们这个社会的沉默者。

电视机

1

电视机一旦打开,室内的状态就迅速地改变。它的声音,它运动着的图像,它的光,所有这些会聚成为一个动态的焦点,使它成为室内的中心。一个家庭,可以同时运转几个机器:电冰箱,空调,洗衣机,微波炉。但是,所有这些机器,在运转的时候并没有获取人们的注意,它们是在自主地运转,和室内的主人分离,像仆人一样忠实地发挥它们的功能。对于家庭空间中的人而言,这些机器越沉默越好,越让人遗忘了它们自身越好(人们总是要检测它们的噪音指标)。而电视机与此相反,电视机是故意要引发注意的,它就是针对人们的目光等感官而来的——这是电视机和其他家用电器不一样的地方:它需要人的参与,它需要和人形成一个特定的观看性的装置关系——它无法和人保持分离状态。同其他家用机器一样,电视机也是一个功能性的机器,但是,这是一个同感官相连接的机器。一个家庭被各种各样的机器所充斥,但是,这些机器大体上分为两类功能,一类是处置事情的,一类是处理人的。我们要说,电视机和电脑是处置人的机器,它的对象是人,它是陪伴人的机器,是家庭内部供人消费,提供信息和娱乐的机器。

由于电视机是服务于家庭所有成员的,是家庭成员共同的娱乐机器,因此,它应该在室内占据一个特定的空间位置。如果说,其他的家用机器都是在主动地否认自身的存在,它们尽可能占据一个角落并且被掩盖起来的话,而电视机的室内定位恰恰相反,它要醒目,它要便于被看到——被所有家庭成员所方便地看到。这是家庭中唯一可以被反复地看的物件对象。室内没有景观。它的一切是如此之熟悉。一个常年居家的人,除了看电视,他的目光还能持久停留在哪里?家庭的四壁将外界的一切都关闭在视野之外,只有室内的电视机成为目光的唯一专注对象。在这个意义上,电视机处在家庭几何空间的焦点。或者也可以反过来说,一个现代家庭空间的焦点,是电视机所创造的——电视机在哪里,家庭的空间重心就存在在哪里。由于现代的家庭空间是借助于工业技术大规模复制的,它们一个一个地在高楼之内拼贴和叠加,它们本身是资本主义工业机器的一个产品,由水泥和钢筋这种完全自然化的无机物质所构成,因此,它不再具有任何的象征意义。人们再也不会根据风水的知识去考察自己的房子了,人们将文化和神话的意义从家庭这个大规模复制的样板空间中驱赶走了,家庭空间还原为一个中性的冷漠机器。这样,人们如何在这个机器空间中安放各种各样的意义?如何让这个空间重新获得象征秩序?

一些文化产品就此被带入到家庭中来。旧式家具,绘画,工艺品都在家庭中获得了一席之地。人们用文化产品来装饰家室,试图将品味和人性带入到室内,从而改变家庭空间冰冷的几何结构。但是,这些文化产品是辅助性的,它们安静地垂挂,置放和点缀,处在家室的边缘,无法获得长久的注目从而作为家庭的空间基石。事实上,在许多家庭中,它们可有可无。在一个现代家庭中,真正不可或缺的只有电视机——这甚至是一个现代家庭和一个旧式家庭的最根本的区分之一。家庭空间就此发生了根本的变化。现代家庭将重心部署在电视机上面。电视取代了昔日的神龛,成为家庭新的拜物教。这台电视机重组了家庭的空间结构。沙发,餐桌,衣柜,以及墙上的饰物,都以电视机为中心而展开有机的关联。在部署家庭空间的时候,电视机的位置必须首先确定,其他的室内家具和配件都和它保持一个特定的空间关系。看电视,是家庭最日常的但又是最深邃的功能性事件,家室空间以及空间的部署都要配合和适应这个事件。在所有这些配置中,沙发和电视机的关联最为密切,它们似乎就为对方而存在,似乎形成了一个不可分的相互凝视的装置。它们之间没有阻断物和障碍,形成一个空的空间——这个空间也是家庭内部最具有张力同时也最稳定的空间。这个空间支配着其他的空间和物件。餐桌,衣柜和其他家具都衬托和依附着这个电视/沙发空间。电视机犹如家庭中的一个枢纽,它的移动,意味着整个家具的移动,整个家庭结构的变动。在家庭中,所有人能够长久而舒适地待着的地方,都应该能看到电视(在许多家庭里,电视机也挪到了卧室甚至厨房)。因此,家庭有一个隐秘的无处不在的电视视角,电视机让一个方正或者毫无规则的家庭空间获得一个焦点。一个冷漠的几何空间有了它的支撑和重心。当然,一个家庭空间越大,就越可能在不同的空间片段配置几个电视机——它要确保在这个足够大的空间内能够有几个不同的重心——也就是说,能够随时随地方便地看到电视。"电视的普及支撑了技术也创造了新的空间:电视晚宴,电视休息室,以及自由式平面布置的房屋结构,省力的家庭技术,所有这些都以某种方式把电视整合进家庭的时间和空间体系中……最后,电视被变成了一件具有装饰性的对象。"[①]它镶嵌在家庭空间中,成为整个家庭机器的一个重要配件。

在电视没有进入家庭之前,家庭的部署通常是以餐桌为中心的。在电视普及之前,餐桌是家庭成员的一个重要的公共空间,是家人亲密联系的纽带。在餐桌上,家庭成员的身体相互靠近,一起分享相同的食物,愉快地闲谈——沉默的饭桌令人尴尬和可怕。餐桌上的讲话和一般的讲话存在着明显的差异。一边吃饭,一边讲话,使得讲话充满了

[①] [英]罗杰·西尔弗斯通:《电视与日常生活》,陶庆梅译,江苏人民出版社2004年版,第149页。

闲聊和愉悦的性质。因为吃饭本身是心情愉悦的享用,它将家人亲密地聚集在一起,此刻的讲话是进食的一个轻松的副产品,并没有实质性的信息传达,也不是重大事件的协商——重大事件的协商通常需要专门而正式的谈话时间。以餐桌为中心的闲聊曾经主导了家庭的氛围,是家庭的放松和交流时刻。吃饭和聊天是天然的伴侣。这是家庭度过的最日常但又是最美妙的时光。但是,一旦电视大规模地涌入了家庭,餐桌的闲聊时光就被压缩了。在很多家庭中,用餐和看电视在同时进行。电视的位置决定了餐桌的位置,餐桌的位置要确保人们能够看到电视,即便一个宽敞的家庭有专门的餐厅,人们往往在这个餐厅中还专门安放一台电视机。电视一旦在此刻插入,就会瓦解吃饭和聊天的伴侣关系,将人们的注意力不断地引向餐桌之外。吃饭,不再是伴随着聊天,而是伴随着观看。或者,一边吃饭,一边观看,一边聊天——电视改变了餐桌上的话题,即便人们吃饭在闲聊,这些闲聊也是由电视内容决定的——它们总是无关自身,无关自身的日常琐碎,无关家庭内部的细节,而是紧紧地围绕着电视呈现出来的一个家庭外部的世界。

就此,电视将人们带入到家庭之外。尽管身陷家中,但是人们的目光似乎能够延伸,目光似乎能够随时漫游到地球的任何一个角落。如果说电话将人们的耳朵的功能无限强化和延伸了的话,那么,电视则如同人们眼睛上戴的魔镜一样,强化和延伸了人们的视觉,使之能够窥见世上一切遥远而陌生的地带。在此,家庭的严密四壁不仅被凿穿,而且,人们还有一种奇怪的时空错乱:因为任何一个事件都有一个具体的时间和地点,人们在家中观看电视,就进入到另外一个时空环境,仿佛置身于电视事件发生的场所。看一场往日的足球录像,人们如同穿过了时间的隧道回到了过去,进入到一个喧嚣的体育场馆。观看电视,仿佛同时置身于两个时空地带:家中的此时此刻,电视事件的此时此刻。电视事件的具体性和观众的具体性发生了错位。电视,将一个人陷入了两种分裂的时空状态中:在家中又不在家中;在事件现场又不在事件现场。

现场事件打破了家中的静谧,家庭空间就此破除了它的时空稳定性:不仅是外部事件闯入到了这个家庭中来;而且,一个运动的有声响的图像在打扰家庭的平静。家室内回荡着音响,增添了生机和光亮。但是,这种生机有时候同矛盾相伴生,在一个家庭中,电视经常引发矛盾——人们为电视的频道选择而冲突(女性主义者总是说遥控器反映了父系霸权);人们为看电视的权利而发生冲突(父母对孩子荒废学业而投身电视充满了愤怒);人们为电视的噪音而产生冲突(上床休息的人和致力于看书的人对电视的播放十分厌恶),人们为电视播放出来的观念而冲突(甚至一个播音员的发型也会在家人之间引发异议)。电视是放松和娱乐的工具,但也常常引发家庭战争。

2

人们处在什么状况下打开电视?有些人只要待在家里就打开电视机。或者说,一回到家中就打开电视机。对于许多独身者而言,这点尤其显著。这并不意味着他在看电视。对很多人而言,电视只是作为一个影音背景存在,偶尔瞥上两眼,似乎一直在担心错过了什么特殊的画面似的,实际上他并不是一直盯着电视的屏幕。这样的电视似乎成为家庭中的一员,一定要显示它的存在。电视是作为一个抚慰的伴侣而存在的——它发出了各种各样的人的声音。这同别的家用电器非人的噪音完全不同。这也是电视即便不被观看但也在家庭中播放的原因。电视机中那个发出声音的人,那个屏幕中的人的图像,虽然不能从电视机中走出来,但是,它确实是一个真实的有名有姓的人,他在那里,在一个遥不可及的地方;同时,这个人也确实在此地,在自己的家中。我们能清楚地看见他(她),听见他(她)。他在身边,栩栩如生。他是一个既真实又虚假,既遥远又切近的伴随者。在这样的情况下,电视并不是用来观看的,甚至也不是用来倾听的。它并不是以一种视听机器的形象出现。电视在此仅仅是制造热闹的,它是一种驱赶寂寞的音响。随着当代的家庭结构越来越小,人们的交往空间也越来越小。家庭中的人数在锐减,家庭越来越冷清,电视机越来越像是一个发音的伴侣,一个单纯的发出含糊人声的伴侣而出现在家庭之中(对于一些老年人尤其如此)。

打开的电视机既可能没有观众,也可能被随意地观看。人们常常一边忙于家务事一边看电视。

看电视的人可以频频起身,可以简单地交谈,可以临时性地中断,甚至可以在电视机前酣然入梦(有些人将电视机作为催眠机器)。观看电视的人是自由的,并不存在一个束缚性的观看机制。人们不断地投入到电视的各种图像之中,又快速地从电视的图像中解脱出来——人们甚至在电视和现实之间不间断地转换。这种随意的观看,有时候同人们想象的完全相反,家人并没有在电视机面前统合在一起。电视机在播放,但是家人可以各行其是,看电视的人和看书的人,和厨房中的人,和睡觉的人,并不相关。有人全身心地投入到电视之中,而另外的人全身心地投入到家务或者其他事物之中,电视机当然可以使得他们聚拢在一起,但也可能使他们更加分化,电视机甚至可能在家人之间挖一道鸿沟。不仅如此,观看电视的时间并不确定——人们可以随时地看电视,可以短暂地瞥上两眼,也可以持续地长时间地一整天地坐在电视机前。

这是家庭看电视同在影院或剧院观影看戏的最根本差异。在家中,人们并不是在一个既定时间段内完全投入到银屏之上,看电视随心所欲。而观影或看戏则是一个事件,它要作出决断,精心准备,它要在一个特定时间出门,要到一个指定的地点,要有特定的心绪和情感,这是日常生活的一个重要时刻。但是,看电视,尽管也是一双目光盯着一个屏幕,但是,它缺乏神圣性,它是观看仪式的解体。在剧院中,人们沐浴在一片黑暗之中,心无旁骛,身心被前面银幕上的光所吸引,沉默无声。他们甘愿将自己的面孔隐藏起来,而让目光随着影院中的影像的变换而转动。银幕中像是埋伏着某种魔力,使得观众犹如一群被训练过的木偶,同时对银幕上的图像作出近似的机械反应。一种强烈的仪式感弥漫在影院内部:一排排黑压压的人群被银幕所吸引,外部的现实世界被甩开了。在此,观看有一种既定的影院法则——人们在一个公共空间中各就其位,不能随意地移动和交谈,他们成为纯粹的匿名者而不能自我现身。观影制度对观众是一种规训:喧哗和退场有时候也是冒险,它冒着成为演员被其他观众观看的危险。在这个意义上,观影并不是一种纯粹的放松。较之影院而言,在家中看电视显然更为自由,它解除了观看制度,它不冒被他人观看的风险。它可以对电视报以轻蔑之意。

不仅如此,银幕成为黑色影院唯一的光亮在

场。它像一个巨大的陷阱,将目光的全部观看能量所吞噬。目光无暇他顾。而电视机的情景完全不同,看电视不需要置身于黑暗的世界,夜晚的电视常常伴随着照明电灯。电视机器以及周围的一切同电视图像并存。人们在家中能够清楚地看到,屏幕上的图像被一个黑框架所包围。这个黑框架是室内的一个界线,它将一个遥远的现实同一个真实的现实隔离起来。框架内部的图像在晃动,在不断地变化,在发出声音;而它的四周,它的外部,客厅或者房间的某个悬挂它的白色墙壁,或者某个托起它的桌子,却稳定不变。电视影像和电视机周围的世界形成了一个剧烈的对比:一个晃动,一个安定;一个发出声音,一个保持沉默;一个亮光闪耀,一个被阴影所笼罩——这是两个不同的空间:一个超现实的空间和一个现实的空间。电视机的图像在一个幽闭而稳定的超现实不安分地抖动。它犹如一个光芒之神,在一个僵硬的物理性的室内空间,却创造了一个活生生的小型喧嚣世界。这个世界面积如此之小,以至于人们在看电视的时候,眼睛的视线远远超越了狭小的电视框架,大量的余光在黑框架的外围徘徊——狭窄的电视屏幕,确实只是视野的一小部分。事实上,当眼光投射到电视屏幕上面的时候,它在一个影像世界和一个现实世界之间轻易地摆动。人们不仅看到了电视,还看到了墙壁,看到了桌柜,看到了电视周围的一切。看电视,这同时意味着人们的目光在真实世界和图像世界之间反复地出入。银屏不能整个地吞噬目光。这也是电视常常不能将人完全吸附进去的原因。

不过,对于电影和电视而言,观看机制也有共同之处:被看的对象从来不会回眸。也就是说,观看者不会被观看,观看和观看对象之间并没有交流,没有眼睛之间的碰撞,没有现场的反馈——这是单向度的观看。尽管电影或电视中出现了真实的人物,但是,这些人物并不将目光投向观看者。他听不见观众。在这个意义上,观看电视和电影,犹如观看自然风景一样。他看到的是死的对象——但是这些死的对象又在说话,在活动。影像中的人物是一个全新的形象,它具有一种奇怪的悖论:它是一个活动着的死的形象,它是一个死的生命。机器将活人拍摄下来,在再现这个生命的同时,也剥夺了这个生命。这也使得它和照片及绘画中的人物区分开来——照片和绘画中的人物不说话,不活动,他们是静物,他们看上去不像是真实的人,是关于人的肖像物质,它们可以被拿在手上,既可以对它们进行观看,也可以对它们进行摆弄,还可以将它们愤怒地撕裂。但是,电视中的人物,在说话,在自主地行动,就如同一个真人般地在活动。尽管这种行动是一种表演——是以机器为媒介,在机器的体制中来表演,但人们还是无法在观看中产生交流。

这就同舞台表演完全不一样:对舞台而言,看与被看有直接的双向交流,观看者也被强烈地期待——演员期待着观众的掌声和反应,他们根据反应作出自我调整,这种调整进一步地激起反应。人们经常看到演出舞台上下的夸张互动——一个明星会让台下的万千观众像煮开的水一样沸腾。但是,一个演员的同样表演出现在屏幕上面,并不会在家庭内激起反响。屏幕似乎抹去了他的激情。在此,屏幕既是无限透明的,它穿越了家室的墙壁,穿越了各种各样的空间障碍,从而让人们眼界大开;同时它又是严密地区隔的,它将观众和演员之间相互的观看线索牢牢地掐断了。事实上,不仅是在舞台上,在生活中,在授课,演讲,会议,餐桌交谈,步行以及任何的偶遇和闲聊中,人和人之间总是存在着相互的观看机制,人们都是在相互观看中确定自己的表演主体性。而电视和电影第一次提供了这样一个观看经验:人们可以自由自在地看到一个人而不被这个人所观看。在这个意义上,观看电视,是一种公开的偷窥。它会有满足感,但是不承担任何风险。即便是一个最腼腆的人,在看电视(人物)时也会如此地放松,因为他既处在自己最熟悉的环境中,也不面临被他人观看的压力。就此,电视将观看拯救出来,将观看还原为一种绝对的观看,一种单向的观看。正是这样的观看,这种惬意地斜躺在沙发上的观看,才是一种放松和娱乐。人们在忙碌之余,在下班之后,在无所事事之际,在家中,除了看电视,还能有什么更轻松的娱乐?

正是这样,对于大多数人来说,白天奉献给了工作,夜晚奉献给了娱乐——奉献给了电视。以前的夜晚,是天上的星星在闪耀;现在的夜晚,是电视机如同星星一般在城市黑夜大楼的窗户中闪耀。

3

是什么在电视屏幕上闪耀？确实，电视将世界展现在人们面前。人们能够在屏幕上目睹世界上最离奇最不可思议的事情；可以看到最美丽最罕见的风景，最有权势或者最恐怖的人物，最昂贵的物品和最时尚的潮流。人们可以通过电视了解世界上的一切新颖之物和新颖之事，更不用提那些一般性的日常景观日常事件了。确实，电视至少完成了视觉的民主化过程：现在，一个乡村孩子对外界的了解同城市的孩子相比并不逊色；大都会不再像以前一样，对刚进城的农民产生震惊的效果。

在某种意义上，人们会说，电视完成了对世界的总体叙事。但是，事件如果没有在电视中呈现，就如同没有在世上发生一样。无数的大小事件，因为被电视的黑框架所过滤掉，就在某个角落一直沉睡下去。布尔迪厄甚至说，即便是游行这样的以向世人展示自身意图为目标的事件，如果不在电视上呈现，"那他们就肯定有失败的危险，如今，越来越有必要为电视制造游行,也就是说制造能引起电视人兴趣的游行,因为这取决于电视人的感知方式,而一旦有电视人的参与和扩充,游行就能收到完满的效果"①。电视是事件呈现的窗口。但是,它也对世界展开了取舍,它在展示世界一部分的同时,也压抑了世界的其他部分。电视一方面将我们的世界进行反复和耐心地搜索,另一方面也对世界进行浓缩和裁剪。无限的世界微缩到电视机的黑色方框之中。电视的世界就是现实的世界。人们了解的现实是一种电视现实——一种荧屏现实——我们生活在荧屏现实中。一小块荧屏现实,成为我们的全部现实。也可以反过来说,现实的世界,就全部浓缩在荧屏的世界之中。投身于世界,就是投身于电视的荧屏。

这样,生活在电视中,也就意味着生活在公共世界中。因为电视机的狭小框架几乎占据了公共生活的所有空间。电视的摄影机器光临之处,一定会变成公共空间。人们通过电视来超越自身的封闭个体性,来和他人分享公共生活经验。从这个角

---

① [法]皮埃尔·布尔迪厄:《关于电视》,许钧译,辽宁教育出版社 2000 年版,第 21 页。

度来看,远离电视,在很大一部分程度上,就被甩到了世界和现实之外,就被世界和现实的进程所抛弃,就会孤零零地陷入自己封闭而狭隘的空间中,成为一个隔离的单子。人们越来越对周遭的事情缺乏直接的感知——有时候,近在咫尺的事情——隔壁邻居家的劫案——不是通过自己的经验获悉,而是通过电视来获悉的。对一个事件的了解程度,不是取决于你和这个事件的空间距离,而是取决于你对电视的关注。在东京发生的事情,北京和巴黎的人们对此的了解绝不逊色于东京人。不仅如此,因为电视保持了对世界不间断的更新,世界的车轮在电视里面永不停息地滚动,人们借助电视目睹和追逐这个历史的车轮。它持续地将人们卷入到世界的历史化过程中,人们一旦远离电视,就仿佛进入到非历史化的状况,世界不仅向自己封闭起来,而且变成一个外在异己物,变得安静和停滞了。一个一直同电视相依为伴的人,在一段时期离开电视机后,他会突然发现,他没有进入公共生活之中,因此也没有跟上世界的节奏。这点甚至不无讽刺性,一个试图用自己的身体,用自己的眼睛(而不是电视)去看世界的人,有时候恰恰被世界的车轮所抛弃:一个关上电视出门旅行的人,通常不知道世界发生了什么。等他回到家中打开电视机,才发现历史似乎又展开了新的篇章。在电视机的时代,要追逐上时代,不是出门旅行观看,而是停留在家中不断地打开电视机。

不仅如此,人们对于生活和世界的了解,一旦凭借的是电视的话,那么,人们对于真正的现实反倒陌生了。人们只能透过电视去了解现实,这意味着,我们很难有一种个人的特殊经验去接触现实世界。人们能够在电视屏幕上看到一切,就意味着人们失去了更多的接近现实经验的方法和兴趣。孩子越来越愿意坐在电视机前看各种各样的动画节目,而不是同伙伴在田野间去真正地捕捉动物。人们越来越愿意坐在电视机前看各种各样的人物剧,但根本不愿意了解身旁家人的内心世界。成人被电视中的游戏节目逗得人仰马翻,但是,他们在生活中彻底驱逐了游戏。即便是所谓客观的播报,所谓直播,也因为电视屏幕的中介,并不是真正的现实经验。在直播中,人们被电视框架的视角所束缚,他们并不能随心所欲地转动自己的眼珠去细察——电视常常漏掉了人们感兴趣的细节,电视在打开人们眼睛的同时,也总是令人恼火地强制性关上了人们的眼睛——这并不是出自身体的真正的观看经验。

电视将世界敞开了,人们失去了对现实和陌生地带的好奇心。似乎电视已经告诉了人们一切,哪里还有奇异珍宝奇人怪事?一个漫长旅程归来的人没有什么事情要向人们讲述的。探险和登山也无法获得出人意料的风光。人们丧失了经验,也丧失了由各种各样的经验所获得的故事,如同本雅明所问的:"哪儿还有能正经讲故事的人?哪儿还有临终者可信的话,那种像戒指一样一代代相传的话?今天谁还能在关键时刻想起一句谚语?又有谁愿意试图以他的经验来和年轻人沟通?"[1]围坐在电视机前,取代了围坐在桌前听故事的场景。电视也在摧毁家庭的阅读。没有未知的世界,人们失去了去探索世界的动力。这样,电视既是人和现实之间的透明工具,也是人和现实之间的一个隔绝手段。电视屏幕在世界和人之间竖立了一道栅栏。人们不再是生活在世界之内,而是生活在世界的无

---

[1] [德]瓦尔特·本雅明:《经验与贫乏》,王炳钧、杨劲译,百花文艺出版社1999年版,第252页。

法触及的对面。人和现实直接接触的经验发生了崩溃。世界不仅被对象化,而且电视还以图像化的方式来展现世界,或者更恰当地说,世界是以图像的方式存在的。电视将世界平面化了。一个立体的、复杂的、深邃而不可捉摸的世界,现在却以可见的、平面的、确定的方式被电视机带到了人们面前。这个黑色框架中的世界不再神秘,不再有深度,不再有复杂的勾连。这样,世界不仅在我们的外部,无法用身体和手去触摸;而且它还变成了一个外在的景观,它的内在性消除了,或者说,电视取消了世界的内在性。电视如此地形塑世界,以至于今天的世界似乎在模仿电视世界一样,它自身也越来越景观化了。世界不仅被电视塑造成图像,它自身也越来越图像化了。现实世界和电视世界存在着同一种外在化的趋势。

看电视,意味着我们坐在世界的对面,在它的外在性上逗留。如果手拿遥控器在不停地换台,就意味着人们在世界的纷繁表面上不停地浏览。电视确实促进了视觉主义的兴旺,但是,无论如何,它导致了经验——无论是身体的经验还是传统的经验——的毁灭。电视一旦将世界图像化了,它不仅摧毁了经验,甚至摧毁了幻想和抽象。世界如此清晰地呈现出来,似乎无法再以另外的方式现身,人们还能对世界进行想象吗?人们在电视上千百遍地看到了白宫,还会对这个全球最高的神秘权力机构进行想象吗?越是那些神奇的人事,越是值得幻想,但是,电视却总是对那些人事没完没了地报道——一个隐秘的恐怖主义头目,电视却使得他的形象为全世界的人所熟悉。电视尽管提供了一些幻想性的剧目,但是,它实际上是对想象的真正扼杀。同时,外部世界是如此地具体,如此地形象化,如此地塞满了人的视野,因此,打破形象的垄断,让自己对世界有一种盲目的抽象,也可以说,一种纯粹的思考,这是可能的吗?

4

电视将世界图像化,这同时也意味着,它把现实也戏剧化了。戏剧化指的是,电视屏幕使得现实的事件变得像是一场虚拟之戏。正是因为屏幕的存在,人们在电视上看到了杀人镜头的时候,仿佛是看到了演戏,仿佛杀人者和被杀者都是演员。一个飞机撞击高楼的恐怖行动,人们看上去就像是一个表演出来的场景一样。人们甚至在电视上看到了无数的尸体,但是,显而易见,这些尸体无法同真实空间中出现的任何一次死亡场景相提并论。任何一个现实中目击的暴力,其震惊和恐惧的程度都要胜过电视中的暴力——事实上,电视中的战争场景,看上去并不像是战争本身,而像是关于战争的电影,像是一群演员,一些飞机道具和武器道具的演出——人们看到利比亚内战中士兵开枪战斗的场面,绝对感觉是在放一部过时的游击战争片子,没有人会为那些士兵的生死真正地心惊肉跳。正是在这个意义上,鲍德里亚说海湾战争没有发生,只是发生了一场表演性的电视战争。

这就是说,电视中的事件,总像是表演的事件。电视屏幕犹如一个隐形的舞台,将一切表演化了。它常常会让真实的场景和事件因为带上了这种表演性而降低了它的效应。为什么电视会有如此的戏剧性效果?电视是一个复制性的机器,它抹去了对象的气息,它把一个活生生的肉体转化为一个几何性的光影构造,就如同孩子们经常拍打电视屏幕上的人物却发现拍打的是一个硬邦邦的液晶一样。这些人物并不真实地以肉身的方式存在,并不散发自己的体味,并没有自己的呼吸和心跳。他们真实流出来的血在电视这里却变成了关于血的符号——而这正是一个人活生生的现场感。电视使得这些东西阙如了,用本雅明的话说,就是电视抹去了对象独一无二的光晕。形象,肉身和事件一旦被机器化,它就变成了一个运动和说话的表演木偶,就抽空了其直接性而将其转变为活动的符号,从而给人以一种虚假演出的效应:尽管电视人物身在室内说话,但却是远在千里之外进行一场符号表演。不仅如此,电视将事件和人物在成千上万台机器上同时播放,一个人物在千家万户的客厅中表演——这对观众和电视人物而言,无论如何不是独一无二的。观看和观看对象同时被大规模地复制——事件一旦被分享,就冲淡了它的独特性从而影响了它的效果——电视在强度上降低了事件效应,但是在范围上扩大了事件的效应。

虽然电视能够通过破除光晕的方式降低事件的效应,但是,在另一个层面上,电视在许多时候又赋予了对象以光晕,强化事件和对象的效应。一件平庸无奇的事件,一旦出现在电视中,就会发出特殊的光泽。一个普通人上了电视,周围的人会奔走相告,而一个人长期在电视上出现,他就被附上了一层持久的光晕——人们会比喻性地将他们称为明星。电视本身具有一种赋值能力,一种神秘化能力。一个人被摄像机拍摄得越多,他在电视上出现的频率越高,他的光晕就越浓厚,他就越来越是一个引人注目的明星,也因此越来越神秘莫测。在这个意义上,电视一方面破除了本雅明意义上的光晕——人们闻不到电视人物的味道和呼吸,摸不到他的肉体,感受不到他的心跳——人们看到的是声光电构成的表演性虚拟人物。但是,在另一层面上,电视又赋予了事件和人物一层神秘的光晕。这层光晕包裹着他,人们看不到他的真实肉体和内心,似乎他的肉体迥异于常人,似乎他不再是来自现实人间,一个人越是被电视所展示,他越是神秘莫测——这就是电视打造明星的悖论性机制。电视具有解神秘化和再神秘化的双重功能:它对现实人物解神秘化,使之成为表演者;它对表演者再神秘化,使之成为明星。电视冷冰冰的屏幕让电视中的一切都戏剧化和表演化了。

电视的戏剧化,不单单是它的屏幕效果所必然导致的。电视的被看机制也决定了它的表演性——事实上,所有的节目和场景,都以表演的形式得以展开——所有的节目都有一个清楚的意识,它们是被看的,电视中的一切都置于观看之下,一切都是以被看为目标——电视前所未有地将一切变成了看的对象。它永远想象自己面对着无数的目光——这也是电视的表演性意图之所在。出现在电视上的人们,都潜在地将自己看作是演员,虽然他们只是面对着摄影机,但是,他们知道自己面对着无数观众,小心翼翼地准备自己的台词、形象、发型、衣着——所有准备上电视的人们,犹如准备上舞台一样。人们的言辞和姿态都舞台化了——他成为自身的异己,也就是说,成为演员。电视,让其中的一切人物都变成了演员——那些常年的主持人和嘉宾,在某种意义上,就是一辈子的演员。他们甚至离开电视台后,也在现实中情不自禁地表演。

最后,我们要说的是,电视的戏剧化,还意味着它总是按照戏剧的方式来拍摄。电视有它的叙事策略,即便是客观的新闻,实际上都充满了人为的叙事痕迹。它经过了选材,编辑,剪接和人工处理,它让新闻获得戏剧性。这个电视机器,与其说是呈现了对象,不如说创造了对象。电视从来不是事件的客观呈现,而是将事件生产出来。"电视穿针引线,自称只是一个录制工具,但却成为了一个制造现实的工具。"[1]在这个意义上,新闻的源头,与其说是事件本身,不如说是电视机器本身。电视机是现实事件的一个创作者,就像一个人是一出戏剧的编导一样。人们总是说,电视报道哪一件事情,取决于这个事情的重要性,似乎是事件的重要性决定了电视的取舍。但是,人们同样也可以说,电视报道这个事件,强烈地影响了事件本身,让这个事件本身变得重要。而且,就新闻而言,电视同戏剧有一种天然的契合——电视总是会寻找戏剧性的事件。这是电视的选择原则:"就是对轰动的,耸人听闻的东西的追求,它将某一事件搬上荧屏,制成影像,同时夸大其重要性、严重性及戏剧性、悲剧性的特征。"[2]

---

[1] [法]皮埃尔·布尔迪厄:《关于电视》,许钧译,辽宁教育出版社2000年版,第20页。

[2] 同上,第17页。

电视为什么要将新闻进行戏剧化的处理？它就是为了获得娱乐。事实上，新闻只是一种单纯的信息而不是一种娱乐吗？人们已经夸张地强调，电视能够让人娱乐至死。的确，观看电视有时确实是为了获得新闻和信息，也就是说为了获得世上发生的诸种事件的真相。但是，获得事件的消息和真相，并非不是一种娱乐形式。人们的娱乐方式之一种就是看到了世界上各种各样的爆炸性事件的发生。围观令人震惊的事而获得娱乐，这并不罕见——即便是史无前例的飞机的残酷恐怖袭击，也能够给许多无关这件事情的电视观众带来快感，与其说人们在毁灭的镜头前感到绝望，不如说人们同时也会感到兴奋。与其说人们打开电视是为了去了解世界和事件的真相，不如说他们是为了去寻求快感，获取娱乐，度过黑夜无聊时光而去打开电视来获知真相。实际上，看新闻是无所事事的人的娱乐方式。一个沉浸在自身烦琐事物中的人，一个毫无娱乐兴致的人，他们对各种各样的远方新闻并不会产生兴趣。新闻激活了娱乐的潜能。人们获知这些新闻，知道了世上各种层出不穷的事件——如果这不是满足他们的好奇心和娱乐心理，这些新闻事件对于他们到底意味着什么？新闻事件大部分同观看者没有关系，它是一个有关他人的事件。看新闻，就如同人们在看一部有关他人的叙事剧一样。大部分人并不能去介入这些事件本身，他们是纯粹的围观者。电视深知这点：它选择新闻的原则，就是看这种新闻事件是否具有围观性，是否具有可看性，是否具有戏剧性——这是电视一个重要的播放法则。而娱乐，就寄寓在可看性之中。这种可看性，既取决于事件本身的可看性，也取决于新闻事件的叙述策略。新闻，就是一部微型电视剧。

不仅新闻，所有的电视节目，都有其叙述策略。电视选择性地将事件和消息播放出来，事件是通过电视的框架现身的——这也意味着，人们只能通过机器的视角去观看，电视机似乎成为人们佩戴的一副特殊的观看眼镜。就此，电视一方面将人们的目光无限地延伸了，让你的目光无所不在，另一方面又对这种目光进行了操纵。电视是透视的工具。它的叙事策略完全服从于它的畅销目标。它的修辞法则服从它的政治经济法则。电视并不是风格化的个体作者去强调自己的特殊美学，相反，它是一个隐匿的结构性的写作机器，它由各种各样的配件组合而成。这个电视机器本身就是资本主义生产机器之一种,它一运转,就是为了自身的扩大再生产,就是为了获取各种各样的资本目标,就是为了在这个领域同其他的电视机器竞技从而占据着一个显赫地位。它的播放和节目都以此为己任。因此,电视的任何播放不可能不受制于这一目标——即便它确实要客观报道,也是以此为手段来获取更大的资本。没有客观的报道,只有对资本的客观而无情的追逐。电视,与其说是一个新闻机器,不如说是个赚钱机器。它的不二法宝就是收视率,就是广告,人们在电视上总是看到广告。广告似乎是两个节目的过渡,是节目之间的喘息。但是,人们不知道,电视台的梦想,实际上是要让所有的节目成为两个广告之间的过渡,所有的节目变成广告之间的喘息。广告不是粗暴地拦截了一个节目,不是对一个节目的打断,而是自身被各种各样的节目所令人厌烦地打断。

如果说,新闻——这一电视的重要原则——不可避免地被娱乐化的话,其他的节目就基本上是公开的娱乐了。这意味着,人们借用电视度过了这段时间,而不是在这段时间内获取了什么。从这个角度来看,电视成为一个时代的重要休息方式。电视在几十年前的普及,改变了人们的夜晚生活。它不仅将人们的家庭空间一分为二:电视空间和非电视空间;它也将人们的生活时间一分为二:白天离家去工作,晚上回家看电视。一方面是工作时间,一方面是电视时间。电视,注入了黑夜以意义。黑夜,有了它的存在之光。电视是对白天生产性劳动的偏离、调剂和缓解。作为一个缓冲剂,它是两个生产性白昼之间的过渡:既是劳动向休闲的过渡,也是现实向梦幻的过渡。电视,一方面让人沉浸在一个与己无关的远方或者虚拟的世界,从而暂时性地遗忘了刚刚过去的白天劳作;另一方面,它以放松的方式让人为明天的劳作积蓄能量。电视的出现,使得那种日复一日的遥遥无期的漫长劳动出现了间歇性的中止。它镶嵌在工作、吃饭、睡觉之间,从而牢牢地占据了人们的空闲时间。电视在这些固定的时间内安排一个固定的节目,使得人们每天重复着收看,这在一定程度上化解了黑夜对劳动的无情咒诅。同时,人们的时间节奏和身体节奏也根据电视的节奏而调节。就此,电视嵌入了资本主义的再生产机器之中——它本身就是一个夜间工厂——相对于白天遍布城市的工厂、机构而言,电视台在夜晚拼命地生产。它是一台生产娱乐的机器。它有严格的节目时间规划,它有节奏地日复一日地播出,这使得它对资本主义劳动力的幻想和体力进行持久而反复的再生产。

5

电视是一种娱乐机器,但是,所有的观众都是被动地接受这种娱乐。他们只能观看,而不能参与——这是电视无法克服的难题。同网络等新的媒体不一样,电视是一个单向的播出/观看机制。它是娱乐,但是是一种霸权性的娱乐。它一旦出现,就不能改变,它就是罗兰·巴特所说的可读性文本。尽管人们认为可以逆向地去解读电视,同电视的霸权进行对抗——比如,颠覆电视所举荐的价值观念。但是,电视对这样的反应茫然无知。人们可以对抗或者拒绝电视,但不能操纵和改写电视。人们能够消费电视,但是不能同电视互动。

但是,人们可以操纵电脑——无论是手头上的操作,还是信息和观念的操作。可以在电脑中实施主动性。如果说,人们只能被动地应对电视提供的节目的话,电脑却可以让人们主动去生产节目,它不是一个霸权性的供应者。电脑提供信息的方式发生了变化——信息发布者发生了变化,信息本身发生了变化,信息的发布机制也发生了变化——但是,更重要的是,娱乐的方式发生了变化。电脑甚至将工作、娱乐和信息融为一体。人们只能在电视上消费,但是,可以在电脑上创造。如今,人们对电脑的兴趣远远大于对电视的兴趣。如果说,以前是晚上坐在电视机前面的话,现在人们是一整天坐在电脑这个新的机器前面。人们被电脑吸附走了——这也意味着电视机主宰的时代已经过去,尽管电视远远没有到退场的时代——但是毫无疑问,在它不长的生涯中,它已经迈过了它的正午。在不久以前,电视曾经属于这样的时刻:在夜晚,电视将人们的眼睛牢牢地吸引住——似乎那些电视机的周遭物不存在了,甚至是室内也不存在了。但电视被关闭的时候,图像世界完全沉寂,电视机瞬间就像不存在一样,就像一具黑色的尸体,就如同刚刚发生的一切不是从这里显现的一样。此刻,家庭重新露出了自己的面容,让电视机湮没在无声之中。如今,或许是属于这样的时刻,人们一起床就打开电脑,人们一整天都盯着电脑,人们在临睡之前才关上电脑。现在,关闭和打开电视轻而易举,但是,关闭电脑却变得困难重重。现在,电视可以在任何时候沉睡,但电脑只有在人们睡觉的时候才能沉沉地睡去。

手机

1

手机或许不是人的一个单纯用具。实际上,它已经变成了人的一个器官。手机似乎长在人们的身体上面。它长在人们的手上,就如同手是长在人们的身体上面一样。人们丢失了手机,就像身体失去了一个重要的器官,就像一台机器失去了一个重要的配件一样。尽管这个配件有时候并不工作,如同人体上的器官有时候并不工作。不说话的时候,舌头不工作;不走路的时候,脚不工作;睡觉的时候,手和脚都不工作。手机是另一个说话器官,是一个针对着远距离的人而说话的器官,因为有了手机,人的语言能力增加了,人们可以将语言传送到非常遥远的地方——从理论上来说,可以传送到任何地方,也可以在任何时候传送。同样,人们的听觉也增加了,耳朵居然能神奇般地听到千里之外的声音。手机将人体处理声音的能力强化了——这是一个听和说的金属器官。它一方面连着耳朵,一方面连着嘴巴。它是耳朵和嘴巴的桥梁。手机将嘴巴和耳朵协调起来,在手机的中介下,耳朵要听,嘴巴要说,它们要同时工作。与此同时,手也参与进来,手、耳朵和嘴巴也要同时工作。因为手机,手参与到说话的范畴中来。事实上,在不用手机的情况下,人们也经常看到手和手势参与说话,但手和手势是辅助性的,它只是对言语的强化,但并不必需。只有在使用手机的情况下,手才能和耳朵和嘴巴结为一体,这样,我们看到了人体身上的新的四位一体:手,嘴巴,耳朵和一个金属铁盒:手机。它们共同组成了身体上的一个新的说话机器。

在这个意义上,手机深深地植根于人体,并成为人体的一个重要部分。离开了人体,离开了手,它就找不到自己的意义。正如人们对它的称呼"手机"那样,它只有依附于手,才能获得它的存在性。它是在和手的关联中,绽开自己的意义。手和手机,在今天构成了一个紧密的不可分的对子,就像起搏器只有依附于心脏才具有保健功能,就像马只有依附于游牧民才表达自己的奔突,就像水面只有依附于微风才会波澜荡漾。只有在二者的密切关联中，手机、起搏器、马、水面才能各自获得自己的表意。借助于后者，前者才能展示自己的功能。手握着手机，斜插在嘴巴和耳朵之间，这已经是一个固定的形象——尽管历史短暂，却已经无所不在。这是这个时代最富于标志性的面孔，它镌刻了今天的最深刻的秘密。电视、广告和各种图片已经在视觉上反复地强化和肯定了这个形象——在二十年前，这个形象一定怪异而陌生。手机意味着人体的进化，我们不是主动地控制或者拥有这个手机，而是相反，手机开始强行闯入到你的身体中来。一个孩童，随着年龄的增长，他的身体也在逐渐膨胀，这也同时意味着一个手机会插入到他的膨胀身体中，这个过程如此地自然而然，以至于没有人会怀疑它的确切性，没有人对此提出异议。最终，每个人都会和这个机器以及这个机器所发出的铃声相伴终生。一个人体前所未有地和一个机器紧密地结合起来，我们前所未有地为自己创造了一个新的身体：一个新的人和机器的混合体。用当娜·哈拉维（Donna Haraway）的说法是，一个赛博（cyborg），一个机器和生物体的混合。今天，这个赛博是我们自身的本体论。一个混合性的本体论。这个崭新的人机结合的本体论,会重绘我们的界线,它会推翻我们的古典的"人的条件"。人们的身体不再是纯粹的有机体,不再是在同机器同动物对立的条件下来建构自己的本体。手机使得人的生物体进化了,就像"海龟身上的甲壳一样,变成了人身体上的壳"[1]。

手机一旦植根于人体,或者说,一旦身体披上了这个壳,人的整个潜能就猛然放大了。这或许是一个重大的历史时刻:人在某种意义上具有神话中的"神"的能力。能够随时随地对一个遥远的人说话,能够随时随地听到遥远的声音,能够在任何时间和任何空间同另一个人进行交流——这只是传奇中的神话英雄的本领,或者,这在以前只是科幻小说的想象。手机这一最基本的无限延展的交流能力,能使人轻而易举地克服时空间距进而超越孤立的状态。这是人们使用手机的最根本和最初的原因。在某些紧急时刻,这一点被强化性地得到说明。一个危机时刻的人,如果有手机相伴,就可能

---

① [美]汉娜·阿伦特:《人的境况》,王寅丽译,上海人民出版社2009年版,第116页。

会迅速地解除这种危机。就像一个溺水的人,能够迅速同岸上伸过来的长杆子接续起来。因此,我们看到,今天,如果要强制性地剥夺一个人的能力,要强制性地制服一个人,首先是将这个人的手机同他的身体强行分离开来。对于劫匪,对于警察来说,都是如此。反过来,一个人在遭遇困境和危机的时候,总是首先摸索自己的手机。迷路的时候,遭抢的时候,丢失钱包的时候,抛锚的时候,同人对抗的时候——在纯粹的身体遭遇麻烦之机,在肉体器官失去效力的地方,手机这一新的器官就大显神通,它弥补了肉体的缺陷和无能,并使人迅速地超越了现实的束缚,而得以解放。手机扩展了身体的潜能。因此,在某些危机和决断的时刻,手机和身体的关联是决定性的。人们一旦丢失了手机,就如同失去了左膀右臂一样,如同切掉了一个器官,他就变得残缺不全,他的能力一下子就被削弱了。反过来,人们一旦打不通一个人的手机,很可能会为这个人本身担忧。手机的沉默,在某种意义上,也意味着这个人可能处在一种特殊的状态。事实上,如果一个人从来不用手机,他发现不了手机的意义和功能,但是,一旦他使用了手机,他会发现,没有手机是一件难以想象的事情。也就是说，人一旦进化到手机人的状态，他就没法再裸身地返归。

2

手机一旦变成身体器官的有机部分，身体就会如虎添翼。每个身体都力图强化自己，都想增加自己的功效。问题是，手机永远是处在双向通话过程中，它必须借助于另一个手机才能最大程度地发挥它的功效。手机渴望着更多的别的手机的存在。社会越是被手机所充斥，手机越是能够发挥自己的潜能。这从另一个方面要求了手机的普及化。事实是，手机确实越来越普及了。它编织了一个无限的网络，每个持有手机的身体都置身于这个网络，并且在其中占据了一个环节。这个网络具有如此的社会覆盖面，以至于人们现在是按照这个网络来组织自己的交往行为。人们现在借助手机在社会中来为自己设定一个位置，设定一个可见性的时空场所。每个人都被想象成一个手机人，一个有手机号码的人。人们要确定这个人，要找到这个人，不再是去直面他,不再是去找到他的肉身,而是要找到他的手机号码。他的号码就是他自身。肉身似乎变成了一个号码,每个人都被抽象成一个手机号。人们一旦开始认识,一定是要彼此交换各自的手机号码,相互将号码储存在对方的手机之中。储存了这个号码,就储存了这个人。人的背景,人的地址,人的整个内在性,都被埋伏在一个号码中。储存了一个手机号,就储存了一个人的种子,他的全部背景可以在手机上萌芽,交往的全部事后结局也在这个号码上萌芽。社会关系现在就以手机号的关系得以表达。人们的社会关系联络图就以手机号的形式锁在手机之内——不被储存着的号码有时候会被排斥——事实上,很多人发现手机上的来电并非是被储存号码的时候,就会拒绝这个交往链条之外的电话。人们也常常改变自己的号码,这是为了使自己同先前的某些社会交往链条崩断。让自己从另外一些人的目光中消失,就是让自己的号码从另外一些人的手机中消失。

一旦人们按照手机来组织这个社会,那么,如果没有手机,处在这个手机网络之外,在某种意义上,就会被抛在社会之外。它没法和社会兼容。或者说,有手机的人和没有手机的人,这两种身体没法兼容。因此,一旦参与这个社会,就应当作为一个手机人的形象出现。就一定要掌握、运用和顺应手机,一个生物体一定要进化。一个人如果长时期关掉手机的话,不论他每天如何频繁地出没于大街小巷,人们还是会认为这个人从社会中消失了。我们看到,处在社会两端的人是不使用手机的人。社会最顶端的人不用手机——我们几乎看不见一个总统拿着手机。他不是参与社会,而是支配社会。他们超越于一个同质性的社会群体。他的能力足够强大,有一个庞大的办公室班子完全将手机的功能覆盖了。手机对于他来说,没有丝毫的潜能和用途。社会最下层的人不带手机,手机对于他们来说,同样没有用途。他们同样不参与社会,或者更恰当地说,他们没有能力参与社会,他们没有能力深入到这个社会的复杂之网中。他们不是支配社会,而是被社会所抛弃。他们在社会中找不到一个联络线索,没有能力为自己在社会中找到一个号码。这是一些社会的"剩余者"。他们只存活在他们的目视之内,只活在脚步所能抵达的领土之内。一个乡村的老农,或者一个路边的乞讨者,他们活在自己的身体能力之内,而并不需要一个超越身体有限性的手机。掌控社会的人物和被社会抛弃的人物,用巴塔耶的说法,是同质社会的"异质物",是世俗世界的"神圣物",他们无法在手机编织的同质性网络中被规划、被组织、被编码,手机之网无法吞没他们——在这个意义上——也可以说,手机构建的社会网络也排除了他们。手机就这样变成了人们是否社会化的一个标尺。理所当然,那些被监禁起来的人,那些被人为强制性地同社会隔离的人,就会剥夺使用手机的权利。手机权利被剥夺,就是社会化权利的被剥夺,也是人权的被剥夺。或许,有一种新的方式来对整个社会进行划分:拥有手机的人和没有手机的人,也即是参与公共世界的人和不参与公共世界的人。

人群就这样借助手机而彼此区分开来。事实上,除了这几种人外,还有一种人主动地放弃手机——这些人并非不社会化,只是,不使用手机是一种姿态,而不是一种实际上的功能考量——没有人不觉得手机会使自己变得方便,尽管也会添加麻烦。当整个社会被手机所宰制的时候,当每个人都变成了一个手机身体的时候,对手机的拒绝就是一种文化政治的姿态。拒绝手机,在这个意义上,就是保持独立,就像拒绝大众文化,拒绝社会思潮,拒绝时尚一样。这是一种反主流意识形态的意识形态。有点奇怪的是,这样的人是保守主义和激进主义的奇怪的结合。这种姿态,是以一种激进的姿态来最终实现他的保守性。毫无疑问,这其中知识分子居多。他们对技术和机器常常采取怀疑的态度,对进步也产生怀疑的态度,对手机、对自由和私人空间的侵蚀也产生怀疑的态度,对一种新的流行生活方式也产生怀疑的态度,最后,他们还试图捍卫某种人体的有机性。他们并不是不参与社会,而是意图以稍稍古典的方式参与社会,他们还是希望身体保持对机器的独立。从社会的主导性中抽身而出的独立方式多种多样,拒绝手机,是知识分子的一个选择。不过,可以预想的结局是,手机最终会将他们完全吞没,尽管是被最后吞没的。

3

事实上,这个新的人机结合体,一方面使得身体超越了自身的局限性,增加了能力;另一方面,身体确实被手机所吞没。我们现在被这个小的手上机器所控制。人们对它有严重的依赖感,这种依赖感,加速了人们自身的退化能力。手机在多大程度上解放了人们,也在多大程度上抑制了人们。手机抑制了人体的某些肉体官能,它抑制了行动能力——人们尽可能减少身体运动;抑制了书写能力——人们越来越借助机器通话;抑制了记忆能力——人们越来越依赖手机储存消息。正如当娜·哈拉维所言,"我们的机器令人不安地生气勃勃,而我们自己则令人恐惧地萎靡迟钝。"[1]对手机的依赖,还有一种是心理上的。有时候,手会无意识地去寻找手机,去摸索手机,去把玩手机。当人们无所事事的时候,在等候的时候,在闲暇的时候,总是不自觉地去翻动手机,就像儿童在玩玩具一样。手一旦和手机暂时性地分离,他就感觉到一种不适应(出门忘了手机后,很多人会马上返回),人们偶然丢失了手机,就会变得烦躁不安。一个经常使用手

---

[1] 当娜·哈拉维:《赛博宣言:20世纪80年代的科学、技术以及社会主义女性主义》,严泽胜译,见汪民安主编:《生产》第6辑,广西师范大学出版社2008年版,第294页。

机的人,如果长久地没有铃声响起,会感到十分地怅然。铃声已经进入了他的身体内部,编织了他的身体节奏,一旦耳朵长久地没有听到铃声,就会有巨大的不适感,就像肚子饿了就需求食物一样。一个焦躁的身体有时候需要铃声的抚慰。不仅如此,这个小铁盒机器还有一种迷人的魔力。许多人和一个手机相伴日久,手指对手机的每个按键都异常熟悉(有些人竟然能够盲打字母),他们甚至对这个机器产生了一种依恋之情,而并不愿意轻易地淘汰它。也有相反的情况,人们很快地厌烦自己的手机,而频繁地更换,他在不断地追逐最新的手机式样和型号。每一个新的手机都激发他的兴趣。人们愿意将自己的注意力投向这个手机本身。两个人如果发现对方使用的是和自己完全相同的手机,就会相互对视并惊喜而又默契地一笑。手机似乎可以对主人说话,它既表明了主人的身份,也表明了主人的趣味:人们有时候借助手机来自我展示。手机构成了今天的物神,一种新的手机拜物教诞生了。

正是因为人们如此地依赖于手机,反过来,人们又被它所折磨和打扰。手机成为每天要面对的问题。如何处理手机？这是每个人的日常性的自我技术——开机还是关机？静音还是震动？短信还是会话？是将这个器官暂行性地关闭，还是让它随时随地警觉地待命？总是要反复地抉择——手机变成了日常生活的难题。焦急地等待某个特定的手机铃声，或者惧怕某个特定的手机铃声，常常会令人不安。而人们对待铃声的态度，通常是和他的社会化意愿相关。一个沉浸在自己的世界中的人，一个对生活完全失去了兴趣的人，一个被忧郁所笼罩的人，是绝对不愿意接听电话的。反之，对于一个充满了期待和向往的乐观的人，没有铃声的生活，恰好是一种忧郁生活。人们对待生活的态度，恰好体现为他对待手机的态度。

手机还常常会突然打乱既定的秩序——一个铃声没有预料地响起，人们不得不终止现有的状态：写作的人终止了思考，聊天的人终止了谈话，吃饭的人终止了进食，睡梦中的人终止了鼾声——他们从此时此刻的境况中抽身而出，同另一个空间的人对话。只有通话结束，才重新返归到先前的语境。但是，一个没有预期的电话结束了，另外一个没有预期的电话又来了——人们不断地卷入到这种没有预期的状态中而偏离了自己的预定轨道。手机就此炸开了既定的平静时空,并且扰乱了先前的平静心情:有时候被手机搅得兴奋,有时候被它弄得心烦意乱。为此,人们在关机和开机之间反复地权衡。手机控制着人们的情绪——这是被手机呼叫的人的状态。同样,呼叫者有时候也是突发性的。他要度过一个无聊时段的时候(看看机场候机大厅,几乎所有的人都在摆弄手机),或者猛然想起了一件事的时候,或者记忆中的某个人突然浮现在他大脑中的时候,或者和某个人聊天时突然对方提到了某个熟悉的人的时候——总之,在并没有具体而必需的事情需要通话的情况下,他也可能拨打一个电话。这个电话完全是偶发性的——对于通话的双方而言,都是如此。这个偶发电话也改变了人的既定状态。意料之外的频繁电话(以及短信),有时候会让人撕裂成一段段的碎片。不仅如此,这种预料之外的偶然电话,繁殖了很多意外事件。人们的单纯生活,因为手机而添加了异质性。偶发的不经意的手机铃声——无论是对于呼叫者还是被呼叫者而言——甚至会产生重大的后果。

人们可以通过关机,或者拒绝接听,来控制这些意外电话对自己的干扰,从而保持某种程度的自主性。但是,另一方面,对某些人而言,手机必须永远处在一个开机状态——许多人是通过手机来工作的。他的全部工作意义凭借的是手机。他们必须随时听命于某个人,某个指令,或者某个制度,或者随时等候着某个客户,或者随时监视着某个事件——我们看到,很多手机号码以广告的形式公开暴露着,它显然在随时恭候。这样的手机主人永远处在一个暴露状态,永远处在一个社会化状态中,手机将主人永远置身于一个敞开的空间中,一个永恒的可见性世界中——即便是在自己的卧室中,即便是一个人在浓密的黑夜里。对一个秘书,一个专职司机,或者是一个性工作者来说,手机总是穿透黑夜,穿透墙壁的一道有力的外向的连接之线。手机正是通往外部世界的唯一大道——问题是,这些人必须永远处在这个通向外部大道的途中。个人就此永远被暴露在外,永远处在一种被传唤的状态,被监禁的状态,被置于一种待命的状态。手机,在这个意义上,就变成了一个牢狱。一旦拥有了手机,也就被关闭在手机中。手机犹如一个牢靠的铁链,将你牢牢地锁住,即便你在千里之外,即便你在黑暗之中。

　　手机将自己如此地暴露于世,使自己束缚于外在世界。但是在另一方面,手机也构成了一个私密空间,它也可以将外在的世界抵挡在外,一个手机构成了一个人的界线。他人不能越过这个界线。在任何时候,人们埋头看自己的短信的时候,总好像是在看自己的秘密一样。手机通话(短信)只是两个人之间的事情,是两个人之间的契约。如果有足够的默契,它的隐私性完全可以得到保证。同时,由于它的可移动性,通话可以轻易地避开他人——在办公室,在家庭,在聚会场所,涉及个人隐私的事情,人们总是利用手机来回避周围的人群。人们经常看到,一旦铃声响起,通话者马上转向一个隐秘的角落,悄悄私语。人们充分利用了这一手机的私密性,来实施某些不宜公开的行为。欺骗、敲诈、交易、政治和情爱等经常借助于手机(短信)而行动,由于这些并不暴露在光天化日之下,人们在手机中肆无忌惮。在手机短信中,骗子和广告商尽管针对着无数人,但是,他却将这无数人想象成为一个个的个体,这每个个体之间并不交流,因此,每个个体单独面对着这些推销骗术——这正是公开广告所不能企及的。每个个体都和骗子(推销商)形成一个隐秘的一对一的关系——手机总是两者之间的秘密关系。正是这种不公开性,使得人们无从获得警示而掉进了手机的欺骗和广告陷阱。从理论上来说,短信总是私人性的,别的人无权阅读。不过,这种隐秘性,以及这种隐秘性导致的放肆,恰好存在着危险:尽管手机是人体的新器官,但是这种器官并不是绝对地不离开人体——手机总是会偶然暴露在他人的目光中。如今,手机几乎是情感和家庭生活的一个重要杀手。短信引发的婚姻变故每天都在上演。正如手机因为自己的社会化潜能,而常常让自己拒绝社会化一样,它也因为自己的私密化潜能反而被不断地公开化。手机,为现代人创造了一个隐秘的渠道。这个渠道,因为它的隐秘性,而被各种各样的欲念所贯通。

4

一旦社会交往是依照手机来进行的,那么,这个社会的组织越来越偏向于为手机而设计。因为每个人都被设想成一个高效的手机人,每个人都按照手机人的模式存活于世。社会开始在重新组织它的语法:它按照手机的模式在自我编码。手机深深地扎根于社会的组织中。我们或许进入了一个手机社会,在这个社会中,人们很容易就会发现,整个时空都被高度压缩了——这个压缩趋势并不是今天才开始的,但是,手机的出现则将这个趋势推向了极端:时空对于信息的障碍瞬间就被摧毁了。人们的交往,遵循的是手机模式,以至于别的信息传递方式很快就被取而代之。我们已经看到了电报的消失,书信的消失。或许,有一天,固定电话也会消失——它在今天相对于手机的优势,仅仅是通话价格的优势。

手机融合了文字和声音的双重交流功能,它将书信和电话融为一体,而且更为便捷。不过,同书信姗姗来迟相比,手机将等待的美好期望一扫而空。等待和期盼趋于消失。手机在扫荡了书信的同时,也扫荡了书信的特有抒情,扫荡了埋伏在书信中的品味和生活风格——书信不单纯是一种信息的交流,还是一种书写本身的练习,它让人和人之间的交流复杂而深邃。手机短信剔除了书写的魔力，它基本上是信息的载体。尽管人们在手机中发出无数的节日问候，但是，这些问候都刻写了机器的痕迹。

如今，人们身上总是携带着两样金属物：一把钥匙，一个手机。钥匙打开了自己的私人空间，人们回到了自己的隐秘之地；而手机则让人通向一个公共空间，它是打开公共空间的钥匙。但是，我们发现，有时候，你的手机里面储藏了大量的人名，但是，你却不知道该给谁拨去一个电话。这是今天的吊诡之处：一方面，手机上储存着如此之多的名字和号码，你能够迅速地跟他讲话；另一方面，夜深人静之际，你想要跟一个人说说话，将手机上的号码逐个地翻阅一遍，你会有点沮丧地发现，你真正想拨打的号码一个都不存在。

电脑

1

和人类一样,机器也有一个进化的历史。① 电脑在几个方面都是最新的进化机器。它显而易见的独特之处,是将先前不同类型的机器的不同功能集于一身。这是它同所有机器的一个重要区别。通常,单一的机器具有单一的用途,它的功能是固定的,人们也因此来给不同的机器下定义。电视机是观看机器;汽车是运输机器;微波炉就是食物加热机器;空调是调节空气的机器。而电脑是一种什么机器? 人们难以马上给它一个功能上的定义。

---

① 有关机器进化论的观点,见贝尔纳·斯蒂格勒(Stiegler)的著作《技术与时间》。该书致力于建立"技术进化论的可能性……技术的进化一直摇摆于物理学和生物学两种模式之间,技术物体既有机又无机,它不属于矿物界,又不属于动物界。关键就是要确定技术进化论和生物进化论之间切实可行的类比的界限。因此,技术应该放在时间中来考察。但是,技术同时也构造了时间"。见[法]贝尔纳·斯蒂格勒:《技术与时间》,裴程译,译林出版社2002年版,第32页。

它可以缴费,可以订票,可以购物,可以视频,可以写作,可以打游戏——它几乎无所不能——电脑是各种机器的进化以及对不同类型机器所作的综合。就此,它不仅仅淘汰自身的前史(电脑自身的历史发展就是一个进化史,它在不停地升级换代),更重要的是,它将许多其他的机器淘汰掉了,它将许多机器的能力囊括其中。它是进化过的打字机,进化过的录像机、收音机、电视机、游戏机。它对各种机器进行收编,从而成为一种总机器。事实上,电脑无法从功能上来定义——它没有主导性的功能。尽管它和信息的关系密切,但它不能单纯说成是信息机器;它甚至不能从互联网来定义——电脑并不一定完全依附于互联网,只能说互联网完全依附于电脑,电脑可以在摆脱互联网的情况下进行游戏、阅读、设计和写作,等等。电脑可以在网上和网下自由交替地出没。

电脑的功能如此之多,人们难以确定电脑的主要用途。这样,每个人有每个人的电脑,人们或许拥有相同品牌和相同型号的电脑,但是,人们的电脑行为却截然不同,每个人赋予电脑不用的意义,仿佛他们拥有的不是同一种机器,不是同一种对象物。他们使用电脑的差异,就如同使用冰箱和洗衣机的差异一样大。即便是家中的同一台电脑,对于父亲和孩子来说,可能意味着完全不同的机器。对于具体的个人来说也是如此,他们一会儿将电脑当银行来使用,一会儿将电脑当游戏机来使用,一会儿通过电脑把自己变成一个棋手,一会儿通过电脑将自己当成算命先生。电脑的语义和功能有一种爆炸性的无休止的扩散。

但是,人们还是可以抽象地说,电脑既是一个娱乐机器,也是一个工作机器;既是一种纯粹的消遣机器,也是一种全方位的实用机器。电脑第一次将工作和娱乐结为一体而成为一个综合性机器。如果说,一个人的生活大体上来说就是娱乐和工作的交替,那么,电脑越来越充斥在人们的生活之中就毫不奇怪了。许多人起床或者上班之后的第一件事是打开电脑,睡觉前的最后一件事是关掉电脑,电脑从早到晚像一根绳子一样贯穿在人们日常生活的每一天之中。每个人必须配置一台电脑,犹如每个人必须配置一张床,每个人必须穿戴一套衣服一样——电脑成为个人的必需品。对于很多人来说,生活就意味着电脑生活和电脑之外的生活——是电脑将人们的生活一分为二。

因此,每天打开电脑自然而然,尤其是对于那些将电脑作为工作机器的人而言。他每天迫不及待地打开电脑。无论是在办公室,还是在家中,他打开电脑心安理得。因为他总是以工作之名,以要务之名,甚至确实是以此为动机来打开电脑——打开电脑意味着工作,至少意味着工作的可能性。打开电脑意味着一个新的工作的开端。但是,打开电视,一定意味着娱乐,一定意味着不工作。对于一个迫切需要工作的人而言,打开电视或者进行其他的娱乐行为一定意味着浪费,一定会有浪费时间的罪恶感,一定会有一种思想上的自我斗争。

就此,打开电脑相对而言要轻松许多。但是,人们打开电脑,很少立即将电脑变成一种工作机器。电脑中的娱乐通常是工作的序曲,人们总是要在电脑上毫无目标地游荡和徘徊之后,虚度一段时光之后,才缓慢地进入到工作的状况。即便进入到工作状况之后,也常常身不由己地重新回到电脑的娱乐和消遣状态中来。人们经常在烦躁和不快的工作中抽身出来,闯进轻松宣泄的娱乐情景之中。绞尽脑汁地写作当然令人痛苦,而浏览各种轻松的八卦当然轻松。人们对工作的厌倦天经地义。工作总是烦琐的,总是一件不快和被迫的行为,工作总是会令人疲劳。反过来,人们对娱乐的趋向天经地义。娱乐总是轻松的,娱乐总是令人津津有味——或许,娱乐和工作的区分就在于,前者不会令人感觉疲劳,后者总是迅速地令人感到疲劳。如果一种工作从不令人感到疲劳的话,它就不仅是一种工作而且也是一种娱乐了,它就会划破二者之间的界限。事实上,在电脑上,娱乐的时光总是倾向于挤掉工作时光。娱乐和工作交替进行,工作机器和娱乐机器不时地进行功能转换。总体来说,工作总是会发生梗阻,尤其是唾手可得的娱乐就在手边之际。娱乐总是穿插在工作的进程之中,它要打断工作,让工作停顿下来,工作时间在此被频频地爆破。工作也因此要反复地修复,要强迫自己从娱乐的世界中返归,要让工作挣脱娱乐的诱惑而重新开始。娱乐和工作,这人生的两大选择,两大取向,两大段除了吃饭和睡觉之外的主要时光,就此在这个小小液晶屏幕上展开了争斗。这个屏幕时间在这种争斗中也因此被无限地拉长。电脑不仅提供了两种人生经验,也提供了两种彼此挣扎的截然相反的心理经验。作为工作的机器总是要被作为娱乐的机器所僭越,反过来也是如此——这既让工作不能全心全意,同样,娱乐也难以尽兴。人们就在这种摇摆中没完没了地敲击着电脑。人们借助电脑来工作是为了提高效率,但是,人们又总是让娱乐来降低效率。因此,人们总是处在焦虑和悔恨之中,作为娱乐机器的电脑,对于那些勤勉工作的人来说,常常引发懊恼。

在同一个机器上能够轻而易举地将娱乐和工作进行转换,这是一种全新的工作方式和工作条件。这也创造了一种新的自我技术:自我面对着新的自我诱惑,自我管理自我的困难,自我内部的冲突。电脑让自我时刻处在一种纷争状态。但是,在另一种条件下,电脑提供了抵抗的自我技术。对于资本主义生产企业而言,这是一个新的管理难题。以前的管理者可以通过机器的节奏对工人进行操控,工人必须服从这节奏,服从传输带的节奏。马克思对此说道:"是死机构独立于工人而存在,工人被当做活的附属物并入死机构。"机器的统治,从根本上来说,是物对人的统治,"即不是工人使用劳动条件,相反地,而是劳动条件使用工人,不过这种颠倒只是随着机器的采用才取得了在技术上很明显的现实性。"[1]现在,新的工人,这些电脑操作者则完全摆脱了强制性的机器律令,是他们在主动地操纵电脑,他们让电脑服从他们的手指节奏;以前公司的管理者可以通过普遍监视来发现谁在逃避机器从而逃避工作,现在,管理者无法辨认电脑机器前面的埋头员工是否在努力为他工作;以前的管理者可以通过劳动时间来衡量劳动价值,现在的管理者则无法清楚电脑前的员工是否将电脑时间彻头彻尾奉献给了他本人。对于为自己工作的人来说,电脑总是意味着自我的内在争斗;对于被迫为他人工作的人而言,电脑则是一个逃避手段,一个德赛都式的战术掩饰。他以娱乐的方式逃避了必要的劳动时间,那个漫长的工作时间也因此变得并不无聊和可怕——工作时间也可以被娱乐所充斥。

就此,电脑可以成为所有人的玩具。它是人们儿时玩具的一个新的替代物。在某种意义上,我们也可以说,这是一个玩具的进化,一个全新的玩具,一个甚至可以在工作时间娱乐的玩具。这也意味

---

[1] [德]马克思:《资本论》第1卷,人民出版社1975年版,第463—464页。

一种新的娱乐方式诞生了：人们可以通过机器娱乐，人们在任何时间都可以娱乐，娱乐的源泉无穷无尽，人们娱乐的内容多元化了，每个人都可以找到属于自己的娱乐——如果我们将娱乐定义为一种无用的耗费而这种耗费所获得的唯一结果就是快感的话。在今天，对许多成年人而言，电脑成为唯一的玩具，唯一的娱乐对象。这使得电脑成为一种恋物客体，人们会对它上瘾。人们在它上面投注了太多的时间和精力，除了获得稍纵即逝的娱乐外并没有产生任何现实的回报——它不仅在电脑中妨碍工作，它还妨碍了电脑之外的工作。人们一旦沉浸在电脑中，活生生的现实人生就会被淡忘。如果确实将生活区分为电脑生活和非电脑生活的话，如果确实是在电脑生活中娱乐挤占了工作时间的话，那么，我们同样可以说，电脑生活在大规模地侵蚀非电脑生活。非电脑生活将会越来越短暂。

因此，许多人开始怨恨电脑，信誓旦旦地说要戒掉电脑，就如同戒掉烟瘾一样。但是，烟瘾对身体而言是完全负面的，它上升的快感来自对身体毫无建树的缓慢摧毁。人们去掉这种纯粹的快感，就意味着重建一种健康的身体。但是，电脑的瘾很难戒掉——人们戒掉电脑是想重建一种健康的生活，但是，今天，健康而规范的生活一定也意味着对电脑的使用。生活内在地包含着电脑。正是因为电脑在包括娱乐的同时，还包括工作的技能，包括实用性。因此，它不能被抛弃、被戒断。对许多人来说，打开它是以工作之名，关闭它却是以禁止娱乐为理由。但是，打开它轻而易举，关上它却困难重重。许多人放下饭碗就坐到电脑面前；许多人起床之后就坐到电脑面前；许多人从非电脑的工作下来之后，就会马上转移到电脑上来。人们以前都是和电视一起度过下班之后的夜晚，现在，是电脑陪他度过黑夜，不过这个黑夜再也不是难熬的漫漫黑夜，它一瞬间就过去了。电脑改变了人们的时间经验，它好像偷偷地拨快了钟表的指针。在深夜，他坐在电脑面前，目光和手和谐地配合，点击鼠标的轻微而急促的声音，将夜晚衬托得更为安谧。此刻，现实生活的阴影完全褪去，电脑生活获得了它绝对的纯净性和自主性，一个充分的电脑人生吸纳了人们的全部激情。电视机曾经推迟了人们睡眠的时间，现在电脑进一步推迟了这个时刻，它甚至使得夜晚消失了，在电脑面前，寂静的夜晚仿佛像白天一样喧嚣。

2

一个单一的机器有多样的功能,这使得机器的每个配件也具有多义性。对于一般的机器而言,配件都是单一性的。就汽车而言,轮胎的功能就是滚动,刹车的功能就是让它停下来,反光镜就是让司机的视野更加开阔,方向盘就是调整汽车的线路——每个固定的部件都有一个固定的功能,犹如每个字词都有固定的意义一样。这所有的功能可以组合起来,从而形成一个总体性的可以移动的交通机器体系,犹如一些字词根据句法组成句子从而获得一个完整的语义一样。汽车,它确定的也是唯一的目标就是它的移动性。但是,电脑是多目标的,它的配置所产生的意义也是多样性的。虽然它也由各种配件构成,但是,它的配件组装,它每一次的指令,并不生产出一个确切的语义。电脑的操作主要由鼠标和键盘来完成,人们用同一个鼠标进行点击,可以发出五花八门的指令,从而获得不计其数的功能和结果。鼠标作为一个唯一的能指,却可以繁殖出无数的所指:它可以让电脑发出声音或者让它保持沉默,可以不间断地变幻电脑的页面,使之不停地转换,甚至可以关闭电脑……反过来,人们也可以用不同的操作方式,可以通过不同的路径来获得完全一样的结果。操作方式和结果并不构成确切的一对一关系——这是它和所有机器的一个根本区别。对于电话机而言,每个数字按键绝不能出错;对于电视机而言,每个数字意味着一个频道;而汽车是最严格的,如果配件操作错误,可能会导致最严重的后果——配件一定是单一性的,并被严格地编码。相形之下,电脑的操作并没有严格的语法规范,打开电脑之后,可以有不同的路径选择,有不同的操作机会。它的运转线路,经常被偶然性所主宰,人们无法预计它的下一步行程。也正是这种偶然性和多义性,使得电脑变幻无穷,它有一种意外的自我繁殖能力。相对于传统机器的"结构"而言,电脑的使用和组装更像是一种德里达式的"播撒"。

所有这些离不开手的运用。手对鼠标和键盘的操纵是新型的手和机器的关系。事实上,手和机器的关系非常复杂。严格来说,所有的机器都是由手来操作的,但是,对于许多机器而言,我们只要将它启动,它就会自动地运转,它只需要摁下按钮就可以自动地运转——洗衣机,空调和电视机都是如此。这是机器的自动化阶段。还有一些机器,同样需要手,但是,手是被动地适应机器,人们在一个工厂车间的车床上会发现无数双手挥舞着同样的频率附和着机器的节奏。这是被动之手。在此,手不仅要吻合机器的节奏,它们甚至就变成了机器,变成了机器的部件,它们高度地标准化。对机器的操作,一定会被机器本身所束缚,一定会依循机器的编码秩序。许多人由此判定机器的吃人性质,这也正是卢卡奇所讲的"物化"的意义。而电脑的手,全程配合电脑的工作,电脑需要手的持续工作,需要手的无休止的参与——在这个意义上,它并非自动化的。电脑和手实际上构成了一个装置,手仿佛是电脑的发动机或者加油器,似乎正是它在驱动和驾驭着电脑,它似乎内在于电脑本身。它停止工作电脑就会停下来。这手在电脑上不停地敲击或者挪动。电脑对它的要求,犹如钢琴对手发出召唤一样。但是,它绝对不是蕴含着激情的如同敲打琴弦般的宣泄。它麻木地毫无风险地触摸着和驱动着电脑。它没有一个确切的强制性的手指的操作语法——它也没有节奏，简便易行。相对于不能出错的汽车而言，手要自由得多，它有主动性，有选择性，它可以出错，它不需要节奏和频率，它不束缚于规范，它不紧张。电脑甚至可以被孩童之手胡乱地敲击。敲击也不要求体能的残酷消耗。在这不间断的操作中，手既不令人产生快感也不令人感到难受。许多机器和手的配置，会滋生手的快感，比如有些司机对汽车的驾驶，钢琴师对钢琴的弹奏。而最大的快感来自电子游戏的操作——在这里，手甚至是机器的目标，它就是手的游戏，手在这里总是蠢蠢欲动，亟不可待，在此，手获得一种自主的膨胀。另一些机器-手的配置，则令手感到无比地难受，有时机器甚至对手形成了暴力伤害——许多工人在工厂车间里面永远地失去了他们的手指。在此，机器需要手，但是将手视作为敌人。而电脑的手如此地漫不经心，它也和汽车之手所表达的警惕，和游戏机器所表达的欣快，和各种车床机器表达的敌意，都形成了剧烈的对比。如果说，这些机器都让手的存在变成一种强烈的可见性事实，那么,电脑却将手推到了暗处:人们在敲击电脑的时候,总是忘记了手,仿佛手不存在一样——一个离不开手的机器,却将手置于忘却的地带。这是机器和手的一种新关系:一种散漫的、偶然的、随意的配置关系。

这样的手指无须刻意训练。无论是孩童还是老人无须培训就可以轻而易举地操作电脑。电脑的操作对手的要求并不高,就此而言,它的确难以称为一门"手艺"。但是,从另外一个层面上来说,操作电脑又是一门最高深的手艺。一方面,电脑对手没有形成强烈的压制性规范,但是,一旦和网络相结合,它就是一个神秘的客体,一个绝对的阴影,高深莫测,它就会变成一个难以穷尽的知识对象,它存在无数的可能性,无数的密码,以至于它好像毫无规范可言。电脑是唯一不能被人所全部穿透的机器,它被人生产出来,但是,它是所有人的深渊。它是一台有限零件装配的机器,但也是一门不可思议的意义无穷的艺术作品。

这是它和旧机器的一个根本区别。对于先前的机器而言,它们有一个终极性的单一知识,它的操作是有限的,人们能够破解它,它的奥秘能够在某一个时刻被曝光。但是,电脑的知识是无法穷尽的,电脑埋藏着无限的可能性。对于旧机器而言,手的操作方式是既定的,程序化的,但是,对于电脑上的手而言,可以诞生无数的后果,如果这手能力非凡,它也可以探究那些深不见底的如同大海一般的知识,它可以打开一个全新的电脑世界。尽管如此,仍旧没有人能够彻头彻尾地驾驭这台机器,正如没有人丝毫不会使用这台机器一样。电脑如此地深邃,几乎所有的人都会在它面前屈从:人们只能接近电脑的某些方面,掌握它的某些奥妙,开发它的某部分潜能。就此,人们使用电脑的能力存在着巨大的差异:确实存在着一些电脑行家和高手,存在着一些匿名的顶尖黑客,他们不断地实验这些机器。在这个意义上,电脑成为一个实验性客体——许多人迷恋电脑,不单纯是迷恋电脑所表达的信息本身,甚至也不仅仅是迷恋电脑的各种功能,而是迷恋电脑的操作和尝试,迷恋它谜一般的技术,迷恋这种技术的穷尽的不可能性本身。在此,人们不是将电脑中的游戏软件作为游戏对象,而是将整个电脑机器系统作为游戏对象。在此,电脑不无悖论地丢失它的各种各样的目标,而成为一个单纯的游戏机器,一个难以耗尽的充满着智力极限挑衅的游戏机器。

3

电脑的无底深渊,它作为机器的实验性,使得电脑不可避免地会出现大量的障碍和失误。同以前的机器相比,电脑的故障和失误极为平常,它是试错性的。而且,这些故障和失误同旧的机器相比有完全不同的性质。每一次使用,都会出现许多小的操作失误——无论是键盘打字还是鼠标点击的失误。电脑允许这些操作失误,并且能够轻易地修复和更正,不会引发麻烦的后果。这同许多操作性机器——尤其是汽车——形成了鲜明的对比,对后者而言,任何操作失误都可能是致命性的,或者说,汽车严禁操作性失误。而对另外一些自动机器而言,没有操作性失误,只有机器本身的失误,只有机器本身的内在障碍。冰箱和洗衣机都是如此——它们无须操作。只要机器配件本身完美无缺,就不会有任何故障出现。一旦出现失误,人们就在这个机器上面拆装和修补,仅仅在机器内部来修正和防范自身的错误。这机器的所有秘密就在于它的内在性之中。

对电脑而言,除了外在的操作性失误之外,还有来自它自身的失误。它自身的失误,当然可能来自它的配件的障碍,如同电视机的失误来自电视机的配件障碍一样。但是,电脑还有一种独一无二的失误方式。即便它的配件毫无瑕疵,即便其作为一个机器的总体性完美无缺,但是,它仍旧会发生故障,也就是说,电脑的失误常常不是由于自身的原因。电脑常常会受到外物的影响,它的错误经常来自于不可控的外力。具体地说,它会受到另一台隐秘的电脑的影响。就此而言,电脑不是一个纯粹独立的机器,不是一个自主的机器,它同其他的机器存在着无线连接,因此,它容易被看不见的病毒攻击,它也会被其他的电脑攻击——它的问题不一定是来自它自身,而是来自别的机器。一台电脑和别的电脑组装在一起,一台电脑同另一台遥远的电脑发生联系,一台电脑总是另外一台电脑的配件——电脑之间存在着一种复杂的无线之"线",它们像德勒兹所说的"根茎"那样缠绕在一起,没有一台电脑处在绝对的中心,占据着支配地位;也没有一台电脑独立于这整个庞杂的"根茎"系统之外,"这是一个去中心化、非等级化和非示意的系统,它没有一位将军,也没有组织性的记忆或中心性的自动机制,相反,它仅仅为一种状态的流通所界定。"[①]电脑总是一大群电脑中的电脑。也正是这样,电脑的失误既可能来自自身内部,也可能来自于电脑网络的失误。一台就机器和配件本身而言无懈可击的电脑,同样可能瘫痪——这是电脑所生产的独一无二的故障。

这也是电脑同所有机器的一个重大区别。尽管它可以保持一个独立的封闭性的物质性姿态,可以待在一个封闭性的狭窄空间中藏匿起来从不示人,但是,它一定和其他的机器隐秘地缠绕在一起。它一定归属于无数的电脑机器。这使得电脑超出了它的主人的控制,更准确地说,超出了人的控制。对于电脑而言,它有一个人类寄主,一个电脑法律上的拥有者和使用者;但是,它还有另一个机器寄主,一个自主的庞大的不可见的电脑机器系统,它

---

① [法]德勒兹、加塔利:《资本主义与精神分裂(卷2):千高原》,姜宇辉译,上海书店出版社2010年版,第28页。

隶属于这个匿名的机器网络。两个寄主都可以操控它，都可以争夺它的操控权，人类寄主可以操控它攻击另外一台电脑，反过来，它可以被另一个人所控制的另一台电脑所攻击。它既强大无比，又脆弱不堪。一个人可以借助一台电脑来控制不属于他的未知地点的电脑，从而暂时性地成为这从未谋面的电脑的僭主。电脑可以成为彼此的敌人，彼此的战争机器。在今天，它既是最温馨的情感机器，但它也是最强大的杀人凶器。在这个意义上，没有一台电脑能够独善其身。人们无论如何将自己的电脑牢牢地掌控在手中，都不能保证电脑的安全，不能保证他是这台电脑的绝对主宰者。马克思早就指出机器吃人的现象，但是，对于今天的电脑来说，是机器吃掉机器。

机器依赖机器而存活或死亡。机器的命运同其他机器密不可分。机器是机器体系中的机器——这是电脑的独特性。洗衣机没有体系，电冰箱没有体系，空调没有体系，它们是孤立的个体机器，一台洗衣机的全部传记就内在于它自身。也就是说，一台洗衣机不会和另一台洗衣机发生关系。只有电脑才会成为一个有体系的机器群。但是，人们会说,许多通讯机器都有体系,电话机、手机、传真机等等都是依赖另一台电话机、手机和传真机而存活,也都建立了一个机器系统。但是,它们和电脑不一样的是,它们无法彼此攻击,它们无法被对方所操控,它们不会因为对方而死亡,而且,它们是对偶性的。电脑预示着一个新的机器体系的出现。这个机器体系的关联非常复杂,它们或者和谐交往或者彼此进攻,或者相互帮助或者相互毁灭。另外,每一台机器可以和无数的未知机器发生关联,并且依赖这个关联网络而生存——没有连接的网络,就没有机器本身。而人和人之间的关系,在此史无前例地变成了机器和机器之间的关系。如果说,在 19 世纪,马克思看到了人和人之间的关系是物的关系从而发现了商品拜物教的话,那么,在今天,一种新的机器拜物教开始弥漫于人世间。

电脑之间彼此有一种横向的根茎式的连接,以至于一台电脑总是超越了它的物质性的屏幕框架本身。同样,电脑甚至超越了电脑本身,超出了它的机器属性本身,它在向它的界外游牧,它在向其他类型的机器生成:它在向手机生成。反过来,手机也在向电脑生成,它们甚至相互生成,相互打破自己的界线。电脑和手机这相互的解域化过程,最终会形成一种新的机器,一种新的"手机-电脑"。人们甚至无法预知这新的机器的最终形态,因为它们处在一种持久的生成过程中,它只是确保了机器的开放性。正是因为这种不断的生成过程,这种生成的高速度和高频率,它们总是处在一种快速的变动和更迭状态之中。所有的机器都在进化,但是,电脑和手机或许是进化最快的物种。它们在淘汰自身的历史时,还在向其他的机器生成。也就是说,一种淘汰机制不仅仅是在身体内部完成的,进化不仅仅是各种器官的内在进化,它还意味着向其他物种的进化。人们看到了冰箱和洗衣机的进化过程,但是,它们始终是在自身内部完成的,它们一直没有摆脱冰箱和洗衣机的属地。但是,电脑的进化是解域化的进化,它不断地打开自己的界线去抢占新的领地,它抢占电视的领地,抢占音响的领地,抢占计算器的领地,甚至抢占算命先生的领地。它甚至有多种开口,可以和其他的机器有一种实质上的组装,它可以容纳别的机器输送而来的信息,它有插口随时承受来自外部的输入。电脑将它的定义和功能不断地改变,以至于人们会问,到底什么是电脑？正是这种解域化过程,它不仅吞没和席卷其他的通讯和娱乐机器,同时,它也改变了自己的物质形态,它越来越小巧,越来越轻盈,因此越来越具有流动性,它越来越从形状上趋近一部手机,越来越和人有一种身体的依附关系——人们最初是奔赴一个静止的固定的醒目的电脑,电脑的位置成为人的情不自禁的目的地;现在,人们可以将电脑随身携带,让身体成为电脑的依附之地,让电脑成为自己身体的一部分,让电脑和人们形影不离。开始是一个显示器和一个笨重的主机盒子组装的电脑,它和人保持着距离,成为人的一个客体;接下来是一个可以放在书包里面可以携带的移动电脑,它是人的一个亲密伴侣;现在是手掌中的电脑,一个手机电脑,它是人的一个新器官。这是电脑最新的自我进化,一个打破了手机和电脑界线的奇妙机器。在此,"机器作为个体而具备自身的动力",它以整合的方式获得再生,"然而再生在此的意义和生命领域一样,产生一个新的单一的个体,它既保留前辈个体的遗传,同时又完全独特。"[1]

---

[1] [法]贝尔纳·斯蒂格勒:《技术与时间》,裴程译,译林出版社2002年版,第83页。

4

这也意味着,人们和电脑的相伴时间将越来越长。电脑和人构成了一个新的配置,或者说,它们彼此成为配置。对摆放在室内的电脑而言,它仿佛有一股磁力将人们吸纳到自己身边。它成为个体的中心。正是因为电脑,持久地待在室内不至于成为一种乏味的事件,室内再也不意味着孤独和无聊。由于电脑也免去了许多先前必须在室外才能完成的工作,也就免去了许多必须和人见面的机会。交流越来越多,但是见面则越来越少,人们不会因为无关紧要的事情而见面,不会因为单纯的信息交流而见面。人和人见面越来越成为一个要事,一个必须之事,或者说,终有一天,见面必须是一个事件。电脑摧毁了身体和身体相遇的物理空间。它形成了一个新的空间,一个非物质性的交流空间。

电脑只和它的使用者形成一个空间装置。它犹如绳索一般将人束缚在自己的旁边,使人们困在一个狭隘的空间之内。但是,人们也可以通过电脑闯进无限的世界之中。也就是说,它既是一个无限的宇宙,也是一个关闭的牢笼。人们一方面在电脑上异常地活跃,另一方面,在现实生活中则足不出户地将自己封闭起来。越是持久地在电脑上活跃,越是持久地在现实空间中被束缚;越是在电脑世界中冲撞,越是受困于现实世界的空间笼子。一个新型的不愿出门的人群开始诞生了(人们为此发明了"宅男"、"宅女"这样的词语)。尽管他们的眼睛只盯住那个小小的屏幕,但是,外面的世界仿佛潮水般一波波涌来,令他们应接不暇。反过来,那些居无定所四处游逛两手空空的人们,尽管他们睁大了眼睛,但是,世界并没有慷慨地为他们敞开窗户。

电脑将室内的封闭个体和一个无限的外部世界连接在一起,同居一室的人反而减少了交流。如果说电视可以造就一个家庭的空间中心从而将家人聚拢在一起的话,那么,电脑则将家人隔离开来,电脑不能共享——它是一个机器对一个人的组装模式。每台电脑占据着一个特定的空间。有几台电脑,一个家庭就因此被电脑隔离成几个空间。尽管电脑——尤其是移动电脑——对空间的要求并不高,但是,它有能力使得人们将现实的空间遗忘掉。哪里存在着电脑,哪里的现实空间就瞬间地消亡。电脑的自主性如此地强大,以至于人们在酒吧,在机场,在餐厅,在所有嘈杂的地带都可以毫无障碍地使用电脑。毫无疑问,在家庭内部,如果家庭成员同时都在使用电脑的话,同时都沉浸在电脑构筑的空间中的话,他就不会意识到自己所处的家宅空间,他就将家宅中的其他家人迅速地忘却了,即便这个现实空间如此地逼仄,即便家人之间的空间距离如此地微不足道。电视主导的家庭充满着集体的喧嚣:电视的喧嚣和家人聚集的喧嚣;而电脑主导的家庭则无声无息。喧嚣之家注定慢慢转向一个沉默之家。如果说电视家庭的夜晚犹如一个微型电影院,那么,现在电脑主导的家庭则变成了一个沉默的阅览室。电脑既让每个人可能同世上无数的人相关联,同时也让每个人成为一个孤岛。家庭空间被分成了新的隔栅——不再是房间和门组成的显著隔栅,而是由电脑机器所打造的无形隔栅。

但是,到底是什么让他们能够如此持久地扑在电脑上面从而和他人相互区隔?我们已经指出了电脑是一个娱乐机器,是一个成年人的玩具,它是多种快感的客体。但是,它真正地具有独特性的地方,它的快感的实质,或者说,它令其他机器所无法替代之处,就是它源源不断的信息的生产。如果说,电脑是一个机器从而也具有机器的生产功能的话,那么,它生产的就是信息。它也在劳动,但它从事的是一种"非物质劳动"[①],它的产品是一种非物质产品,它没有锻造出一个实体——这是电脑作为生产机器的一面。这使得它同传统的物质生产机器区分开来。但同时它也作为一种消费机器而存在,人们扑在它上面,沉迷于它,没完没了地消费它。电脑将生产和消费功能集于一身,尤其是将信息的生产和消费集于一身。这就是我们所说的电脑所特有的工作和娱乐的双重性。它和其他机器的差异就此非常明显:对于个体使用者而言,电视机和录像机都是消费性的而非生产性的;洗衣机和电冰箱都是生产性的而非消费性的。

电脑作为机器,生产和消费的都是信息。尽管

[①] 见 Maurizio Lazzarato,"Immaterial Labor", in *Radical Thought in Italy*, Minneapolis, 1996, p. 133. Lazzarato 将非物质劳动定义为"生产商品的信息和文化内容的劳动"。

信息的生产和消费由来已久,但是,电脑的信息概念则完全不同。对于一般的诸如电视机这样的信息机器而言,信息总是被特定人群所生产,然后又被另外的特定人群所消费。因此,信息总是被遴选、被编码、被体制化。它们是现实的反映,也是现实的一部分。对于电脑而言,信息可以被所有人生产,也可以被所有人消费。最主要的是,电脑意味着一切都可以被信息化,连隐私也可以被信息化(事实上,人们常常将自己的最私密的东西,将自己的身体、财物,以及内心意愿等等,也就是说,将自己的全部存在感,都储藏在电脑里面。以至于电脑一旦丢失,存在的意义就丢失了)。人们可以将一切,不仅是外部世界的一切,也可以是自我的一切,以电脑的方式信息化。就此而言,信息的概念会发生一些变化——信息是因为电脑而产生的。人们总是说,信息事先在现世存在着,它有待一个传播机器来完成和表述它;一个好的传播机器正是能够对信息进行恰当准确的再现。人们总是以此为标准来衡量广播,报纸和电视。但事实上,电脑或许会改变信息的定义:没有什么事先的信息,信息是被创造出来的,信息是电脑的产物。是因为有了电脑然后才有了信息。所有发生之事,所有琐碎之事,所有现存之物都可以被电脑转化为信息——反过来,所有未发生之事,所有可以想象之物,所有虚构之物,同样可以借助电脑转化为信息。电脑可以将一切,将可见的和不可见的,将现实的和非现实的,进行信息化的处理。如果说电脑是一个非物质性的生产机器的话,那么,它将整个世界进行了非物质化的生产,它将世界生产为信息。整个世界被信息化了并以信息的方式而存在。信息不再构成现世的一部分,而是现世完全转化为信息。

从德波尔到鲍德里亚都已经指出,世界逐渐地取消了它的深度,它的秘密,它的内在性,而变成了一个外在性,变成了一个景观,人们就生活在这景观之中——这是影像机器导致的结果。而今天,电脑甚至使这个世界失去了景观,失去了外在性,而变成了单纯的信息。世界被这电脑抽象为信息,抽象为一个屏幕上的源源不断的碎片般的信息。如果说,合上电脑,人们可以看到城市或者乡村的景观和景观差异,但是,一旦打开电脑,景观及其差异消失了。在电脑中,所有这些都取缔了,人们只能接触到信息,人们只是在信息中呼吸。电脑会消除地区的差异,消除景观的差异,消除空间的差异,消除世界外表的差异,最终,它会消除世界本身,世界以一种无限的信息方式来到你的面前,这个信息世界对于所有的人来说都是平等的。

就此,电脑远远不是一个生产或者消费机器。它实际上构造了一个世界,一个信息世界。人们今天是在这个世界中存活。世界一旦被电脑信息化,它就并非真实世界的复制、再现和反映,不是其柏拉图式的表象,而是一个自主的世界,一个独立于现实世界的电脑世界。诸如电视这样的信息机器,其根基是现实人生,其功能也是来改造和作用于人们的现实人生:消费信息是这个现实人生的一个片段,人们是在现实人生中与这种机器相伴。但是,电脑不仅仅植根于现实人生,它还创造了一个现实人生之外的另一个人生,它还无中生有地创造了一个完全不同的世界,这个世界有着自身特有的法规和程序。它们和现实的世界相提并论。就像人们曾经相信的那样有一个此岸世界还有一个彼岸世界,有一个现实世界还有一个幽灵世界那样,今天,人们借助于电脑仍旧找到了这样的双重人生:电脑人生和现实人生。就如同人们会在现实人生中呼吸一样，人们同样也在电脑人生中呼吸。

电脑构成了一个自主的世界，不过，这个电脑人生法则同现世人生法则迥乎不同。它有它的符码，有它的存在方式，有它的语言，有它的逻辑，有它的价值观。电脑的所有程序和规范，都是这个电脑人生的培训教程，就如同现实中的每个规范和法律都是现实人生的教程一样；如同人们每天在现实人生中有自己固定的上班线路一样，人们在电脑人生中有自己固定的网游线路；如同人们在现实中有固定的伙伴和朋友一样，在电脑中人们也有自己的固定伙伴和朋友；这样，每个人有一种现实的人生习性，也有一种电脑的人生习性。他们之间似乎并不存在着必然的关联。人们过着两种人生。一旦他坐在电脑前，他同时以两个身份、两个形象、两种本性的面孔出现。人们也据此存在着两种本质、两种自然、两种内在性。在这个意义上，电脑是一个分裂的机器，它将人一分为二。这两个世界如此地迥异，以至于人们常常感到惊讶：一个人居然能够展现如此不同的两副面孔。电脑这奇特的人生，既非现实人生，也非电影式样的梦幻人生，它甚至也不是这两种人生的辩证综合，它只能属于自己的特有人生。在此,这人生唯一确信的是,它不可能像睡梦那样最后被现实人生所惊醒。它将持续地存在,并且一直和现实人生相互较量。

这电脑人生,意味着人们生活在信息之中,信息如同空气一样包围着人们。这些信息并非默默地待在那里一成不变。相反,电脑对信息的生产无穷无尽,它绝不会终结。它随时随地是流动的,活跃的,并且能够无休止地蔓延和滋生,所有的人都可以消费它们,所有的人也都可以生产它们。这是电脑不同于其他的媒介机器之所在:人们不是被动地接受媒介机器提供的信息,人们可以主动地生产信息,人们是这个信息机器的创造者,是这个信息机器的主人。就此,对信息的生产和消费之链无始无终——人们无法穷尽这些信息。但是,这些增加的信息丝毫不对机器构成压力,丝毫不增加机器的分量。电脑尽管有一个不大的体积,有一个有明确界线的框架,但是,令人惊讶的是,它不可思议地拥有一个无限的空间,并且能够承受无限的可能性。电脑中如此之多的内容和信息,居然没有重量!电脑总是那样保持一个固定的重量,保持一个固定的体积,它既不膨胀,也不缩小。它的内部在不断地变化,不断地扩充,但是机器本身毫无变化。这是一个机器令人惊讶之处:新的要素不断地添加,但是,它居然丝毫没有爆炸的迹象。机器通常有一个承受之极限,一个最终的框架。收音机和电视机的频道是有限的,冰箱和洗衣机的容积是有限的,汽车和火车的承重量是有限的,它们都有一个终极框架,唯有电脑仿佛破除了这种终极性。仿佛这些新增加的内容,这些新的源源不断地扩充的新东西永远无法形成一个极限。

正是这些新的内容,这些无限的丰富性,这些信息的无限的生产和消费使得人们从不对电脑感到厌倦——人们一旦使用电脑,就绝不会将它弃之一旁:它总是有新的东西涌现,它总是让人觉得还有未知的可能性,他这一天永远无法对电脑进行彻头彻尾的探索。电脑永远不会被他画上一个句号。许多人会对一种机器产生兴趣,但是最后会穷尽这种机器的奥妙从而将这种兴趣耗尽。但是,对电脑的兴趣绝不会耗尽,人们之所以关闭电脑,不是因为他在电脑上已经穷竭了,而是因为他的身体和时间不允许他继续待在电脑上面,电脑消耗了人们大量的精力——没有比使用电脑更加轻松愉快的事情了,同样,也没有比使用电脑更加辛苦劳累的事情了。人们轻松地坐在电脑面前,最后却疲惫不堪。

电脑会故障频频,坐在电脑前的人也会故障频频。一种电脑病出现了,它长久地改变人的身体:颈部、腰椎、手指乃至整个身体本身,在对电脑的贪婪投入和迎合中,它们悄然地发生了变化,这变化对于电脑而言,仿佛是一个合适的位置性的框架,但是对于一个既定的身体而言,它一定会成为扭曲的疾病。电脑不仅生产了一个独有的世界,最终,它还会生产一个独有的身体。这样一个身体,对于今天我们这个只有十多年历史的电脑使用者而言,可能意味着某种变态的疾病,但是,对于后世那些注定会终生被电脑之光所照耀的人来说,它就是一种常态。或许,人类的身体会有新一轮的进化:伴随着劳动工具的改进,人们曾经从爬行状态站立起来。如今,随着电脑的运用,人们的眼睛、手指、颈椎、腰椎等等,可能会出现新的形态,或许,终有一日,人们的身体会再度弯曲。

电灯

1

夜深人静,人们要睡去了。他摁下了开关,电灯熄灭,一切瞬间地陷入漆黑。黑夜获得了清晰的存在。人们匆匆地上床,心安理得地被这黑夜所包裹。就如同他刚才心安理得地被灯光所照耀一样。这光明和黑夜突兀而显著的更迭并不引起人们的关注。电灯,哪怕它造就了如此奇迹般的巨变,哪怕它决定了可见物在黑夜的显现,它还是不被人们所关注。

如果我们将目光转向电灯,我们会看到什么?也就是说,这个令人们能看的对象,这个看的基本凭借物,一旦被看,它会以什么样的形象出现?人们总是将电灯快速地同照明等同起来,但是,一旦我们根除了它的照明功用,我们还是会发现电灯的形式主义要素。尽管灯泡是光最直接的源头,但是,在新的灯具体系中,它常常被灯罩所覆盖和掩饰。通常,灯泡本身作为一个发光体,从形式上来说,它并没有多少可以发挥的设计空间。灯泡因为其主导性的照明功能,它的形式感不得不受到压抑。而且,灯泡总是一个危险的客体。它呆滞,乏味,脆弱,易碎,容易被碰撞,它还有潜在的令人感到恐怖的电能。它在照明的同时,也构成一个威胁——人们通常被突如其来的灯泡的烧毁所惊扰。因此,灯泡常常被掩饰起来,一个外在的灯罩将它镶嵌住,使得它不是赤裸裸地和人直接面对。灯罩是它和人之间的一个防护性中介。

不仅如此,灯罩还可以产生凝聚功能,它可以将光进行管控,一方面使得灯泡发出的光变得柔和,让光罩上一层面纱;另一方面也可以使之聚焦,调节光的方向,强化它的照明效果。比如台灯,就是为了在夜晚使光聚拢,使之仅在一个狭小片段的区域内发挥作用。但是,灯罩并不仅仅是为了产生照明效果。有时候,灯罩如此地突出,如此地具有自主性,它甚至会将灯泡完全地掩盖起来,好像是它发出了光,好像灯泡并不存在。在某种意义上,灯罩、灯座,以及环绕着灯泡的各种设备构成了一个完整的电灯机器。在这个机器中,灯泡是发光之源。但是,它却无足轻重,它最廉价,它最短寿,它最不引人注目,它可以被轻易地替换,甚至被不同类型和款式的灯泡所替代。它也因此成为整个电灯机器中最令人讨厌的一环:只有灯泡会失误,只有它需要经常替换,只有它会引起麻烦。相形之下,灯罩和灯座永不出错,它可以永恒,它可以超越一个人的寿命,它历久弥新。不仅如此,灯泡之外的一切,都可以得到充分的设计,它催生了一个庞大的设计团体,它可以成为美的客体,可以成为艺术品,成为室内装饰的重要环节。它可以穿越各种潮流和历史而成为收藏的对象。

在这个意义上,电灯,它恰切的语义现在并不是指代一个发光的灯泡,而是指代一套完整的灯具,人们提到一个电灯,通常指的是整个灯的体系,而绝非某个特定灯泡。尽管没有这些灯罩和灯座,灯泡完全可以自主地发光(早期的电灯都是如此),但是,人们竭尽全力去生产或者消费的都是灯泡之外的灯具。尽管人们只能通过灯泡发出的光去看,但是,人们却看不到灯泡,人们只能看到灯泡之外的灯具。或许,对整个电灯机器而言,灯具不再是灯泡的配饰，而是相反，灯泡是灯具的配饰。人们总是费尽心机地去选择不发光的灯饰，轻而易举地去选择发光的灯泡。

　　这些灯具也是整个室内空间的配饰。灯具被设计出各种各样的造型，它们都与使用功能无关，而纯粹是符号的炫耀。它们可以摆置在房间的任何一个部位：墙上，天花板上，桌上，地上，屋顶的中央，或者床边的角落。它可以镶嵌到墙体内部，也可以完全暴露在空间中。除了照明之外（这是它始终如一的最重要功能），它们的悬挂和摆置，可以让单调的空间充满装饰性。灯具有非凡的符号价值——这是灯具同其他的家用电器的最大差别。一般的家用电器，只有纯粹的使用价值，它们作为功能物存放在室内，它们不会引发观看，它们不会成为审美的客体。它们金属般的存在，意味着它的不可动摇性，意味着同人的身体的对抗（尽管它是服务于人的）。对一般的家具而言，它们尽管也有装饰性，也可以成为艺术品，但是，它们相对而言更加笨重，也因为这种笨重它们呆板而拥挤地坐落于地面。相比之下，灯具更多地设置在空中，它可以在空旷的空中自由地发挥，它因此更加孤独，更加细小，更加灵活。许多灯可以轻易地搬动。它的实用功能更低。通常，它不是如同家具或者家电那样是对空间的侵略性占有，而是对空间的巧妙点缀。用心良苦的灯饰选择，有时候会像植物的摆放一样，可以让室内变得生动活泼。诗人甚至说："房间里的灯是一朵白色玫瑰。"灯与玫瑰交换着各自的温柔和激情。在灯并没有点亮的时候，它也没有沉睡。或许，一个家庭最重要的品味，就表现为灯具的选择和部署——因为大多数人仅仅是将灯具作为照明的手段，而不是作为装饰的作品。

灯的造型和部署装饰着空间，但是，灯光则重塑了空间。正是因为灯光，空间可以被赋予颜色。人们总是从面积或体积的角度来定义空间；人们也总是从造型和设计的角度来看待空间。但人们很少从光的角度来看待空间。一旦从光出发来考察空间，我们就有了空间的明暗之分，就有了白色或者暖色之分，有了阴影和光明之分。正是在这个领域，灯光在生产空间。灯光照耀之处就是一个独特的空间。灯光可以将一个房间的空间切割成不同的部分，一个卧室的台灯就可以将它笼罩的一个小桌子刻画成一个独立的明亮空间，这张小的桌子空间可以同它周围的空间区隔开来,房间苦读的人常常通过台灯使得自己和睡觉的家人进行区分。此刻,控制灯光的灯罩犹如一扇简陋之门。光的空间区隔,一方面是室内空间再分配的一个重要形式。另一方面,光无孔不入,它可以穿越任何的缝隙,阻止室内的绝对分割。因为要阻止室内灯光对其他空间的入侵,困难重重。光是布满性和弥漫性的,它没有重量,它平等地照耀一切。在黑夜的时候,它穿越最为细小的狭缝。只有对它进行人为的阻隔,才能阻止它的入侵,这就是为什么窗帘如此重要的原因。窗帘是作为光的死硬对手而出现的,它志在阻止光的穿透。而光经常在浓厚的窗帘面前黯然失色。窗帘是室内光和室外光的一个分界线,是自然光和人造光的分界线。它让灯光锁在自身的领域,也将室外光挡在户外。在这个意义上,窗帘是一个活动的墙壁。

不仅如此,光制造了空间的色彩本身。人们对灯光产生了各种各样的要求:有时候需要它通明,有时候需要它暧昧;有时候需要它强烈,有时候需要它温和;有时候需要它聚焦,有时候需要它扩散。光的变化,意味着空间的变化。有时候空间完全是被灯光所主宰。许多表演性的舞台，完全是光的表演舞台。而室内空间在某些特殊的时刻，也需要借助灯光来自我塑造。酒吧提供了一种特殊的光照，它恍惚而暧昧的氛围同醉酒的感觉相呼应。光是空间的导演，它能够对一个单一的空间进行多样的着色、划分和部署。正是在灯光的作用下，空间并非均质的，它可以让一个空间内的光和影、明和暗发生奇妙的变化。它在照亮一个客体的同时，也可以掩盖另一个客体。它甚至可以改变客体的存在。同一个客体在不同的光照下会显露出不同的存在方式。光，是徘徊在照亮和遮蔽之间的诈骗。许多伟大的画作就是在光、阴影、客体和空间之间的巧妙游戏。在这个意义上，光也是一种海德格尔式的语言，空间的存在依赖于光去敞开。尤其是黑夜，整个空间仿佛也沉睡了。整个屋子一旦被黑暗所笼罩，所有的器具，无论是高级的还是低级的，无论是大的还是小的，它们都获得了平等的地位，它们都同样被锁闭。在开灯的一刹那，家具仿佛从黑暗中生长出来。它们重新获得了真理：物的真理，人的真理。电灯唤醒了它们的存在。灯光使得一个新的世界诞生。

光既是照亮空间的语言,它也是空间自身的语言。空间正是通过光在讲话。这个时候,它的照明功能被淡化。作为一种语言,光有其或明或暗的基调,从而造就空间的氛围。它的委婉诉说,能够让一个空间产生自身的丰富性。人们有时候借助光的语言来表达自己的情感。他借助灯来说话。他的语言方式,他内心的感觉,通过对室内灯光的调控得以表达。他让灯光变强或变弱,让它明亮或者暗淡,让它灯火通明或者一团漆黑。此刻,灯光或许是欢乐的或许是忧郁的;或许是孤独的或许是温馨的。灯光既是空间的语言,也是空间内的人们自身的语言。而一个对世界失去兴趣的人,有时候完全不打开电灯(一个上海的作家在自杀前,他室内的电灯泡已经坏了很久,但是他一直没有将它更换)。他不愿开口,也不让灯光开口。许多心事重重的人愿意被室内的黑夜所拥抱。而在许多重要的日子里,电灯被全部打开,它被看作是对一个节日的热烈祝福。灯光也能改变一个人的空间经验:毫无疑问,暧昧的灯光较之夺目刺眼的灯光,肯定更能让室内一对孤单的男女浮想联翩。这是灯的激情和爱。而人们也可以找到利用灯光的惩罚方式:让一个人待在一个封闭的房子里,让明亮的日光灯对他保持着持续而长久的照射,从而让他在床上辗转反侧难以入睡——这是灯的暴力和罪恶。

2

电灯借助光的可变性能够制造出特殊的空间感受。但是,它如此地安静,它的工作默默无闻。绝大多数机器工作的时候,都不可避免地发出声音。电灯如此地安静,以至于人们不认为它是机器,以至于人们常常忘了它在工作,人们一旦打开电灯,就忘记了电灯。只有在临睡之际,人们意识到它。此刻,它是一个多余之物,它是睡眠的障碍。人们需要黑暗的时候,灯光作为一个负面客体而存在。光有时候就是污染之物。人们需要光明而电灯已经提供了这种光明的时候,电灯通常被遗忘了。这是因为电灯不发声。它不仅不发声,而且还掩盖外界的声音。在夜晚,电灯一开,外面的世界仿佛不在了,它们被室内之光彻底地隔离,外界的声音好像也被这灯光所隔离。人们处在灯光的笼罩下，他的世界是光的世界。此刻，灯光是照亮性的，同时，它也是隔离性的。反过来，一旦电灯关闭，室内陷入黑暗，室内和室外已经没有光和暗影的区分，它们同时处在一片大的黑暗之中并因此而获得了沟通。此刻，外界的声音如同黑暗一般地乘虚而入闯进室内。耳朵突然变得异常地灵敏，室内也以寂静的空地迎接这外界的喧嚣。黑夜的寂静被这声音衬托得更加寂静。黑夜凸显在黑夜之中。在这个意义上，灯光，当它点亮的时候并非没有制造声音：它驱逐了声音；或者更恰当地说，它驱逐了外界的声音，淹没了外界的声音。光以自己的语言抵挡住了外界的语言。灯一旦打开，它就在讲话，它发出了自己的声音从而压制了外界的声音。它发光，它讲话，它让听觉的能力减弱；当它关闭的时候，眼睛也关闭了。黑夜使得所有的人成为盲人。这是黑夜的律令：眼睛一旦关闭，耳朵就奋力地打开。声音蜂拥而至，钟表的滴答声只是在黑暗中才无情地塞进人们的耳朵中。灯光不发声，但是，它制造了也泯灭了声音。

灯光关闭，黑夜不仅让寂静来迎接外界的喧嚣，而且让大脑来承担各种各样的外在意象。黑夜使思考活跃。许多不眠之人在床上启动了他们的大脑。在电灯下，人们工作，但在关闭电灯的黑夜中，人们只能思考。如果没有被睡眠所吞噬，黑夜就会成为思考的跑马场。较之黑夜而言，光，对于思考是一种束缚，光的透明使思考有自身的轨迹和理性，而黑夜，让思维泛滥。越是黑夜，思想越是无方向地狂奔。黑夜，如果不是睡梦的温床，就一定是思考的温床。光可以操控声音，而黑夜则可以锻造思想。

电灯是为驱逐黑夜而诞生的。它的基本功能就是抵御自然黑暗的无情统治。在某种意义上，它是打破黑夜和光明循环的一种努力。对于自然而言，光明和黑夜之间存在着永恒的规律性轮回。这也是大自然的命令：人们在白天工作，在黑夜休息；在白天消耗，在夜晚积累。积累和休息，就是为了工作和消耗。这是睡眠的重大意义。睡觉和醒觉，休息和劳作，这一生命的永恒轮回，是借助光和黑夜的轮回而完成的。这样，黑夜，如果不是为了睡眠和休整，它有何存在的意义？黑夜，如果不是为身体提供一种休息性的庇护的话，它对人就是灾难。太阳的休眠和人体的休眠相互应和。人必须在黑夜中睡眠,黑夜是一个重要的屏障,是睡眠的呵护襁褓,黑夜和睡眠相互从属。在这个意义上,黑夜是大自然的恩赐,是地球和太阳的联袂杰作。如果在黑夜中没有悄然地进入到梦境,那就是违逆自然的小小灾难。失眠,永远是生活的瑕疵。

而电灯,是对黑暗和光明轮回的前所未有的干扰。它阻止和打断了这一轮回。它大量地占用了睡眠的时间。电灯将白天拉长,有时候被无限地拉长,它充斥和占领了整个夜晚。就此,它消除了白天和夜晚的界线,仿佛世界是一个永恒的白昼。夜晚再也不必然归属于睡眠。人们可以在夜晚工作,人们可以像白天一样在夜晚工作。白天则可能沦为睡觉的时间——电灯颠倒了轮回的自然戒律,在灯光的掩映下,地球再也不可能完全蒙上休眠的黑纱。电灯让这个世界平添了各种各样的事件,世间因此导致了更高的生产效率,也因此变得更加喧闹,更加混乱,更加乾坤颠倒,更加难以掌控。夜晚上演了同白天一样的戏剧,它不是白昼的休眠,而是白昼的变形延续,有时候甚至是疯狂的延续。地球上再现了一个狂热的夜间世界。许多人期待太阳尽早落山,他们喜欢电灯的五花八门的光照,他们期待夜晚的工作、娱乐、宴饮或者是阴谋。工作狂人利用电灯将自己打造成为一台永不熄灭的工作机器,而另一些人在下班之后彻夜挥霍。这一切都在电灯的慷慨照耀之下变得更加狰狞。电灯前所未有地划破了黑夜在世间的恐怖统治。黑夜,不再令人畏惧,鬼神的魔力也被肆无忌惮的灯光所祛魅。灯光下自如的人们,都在表示着对黑夜的轻蔑。他们醉心于被灯光打扮的夜晚。只有那些被迫上夜班或者夜校的人们,对明亮的夜晚从无好感。不过,他们对老板或者老师的讨厌从未涉及到对电灯的讨厌,他们不知道,正是电灯促使了他们无休止的劳作,正是电灯耽误了他们的睡觉时间;正是电灯,使得城市机器没日没夜地永不停息地运转。

电灯对白昼和黑夜轮回的打破,实际上也是对自然法则的打破。它提供了大量的机会,但它减少了睡眠时间;它增加了生产能力,但是透支了人类的健康(许多疾病正是来源于夜晚不睡觉);它提供了方便,但是也对人产生压榨(看看那些没完没了做家庭作业的孩子们);它让人类获得安全,但是也滋生了夜间的暴力犯罪。电灯，再也不会让眼睛在夜晚早早关闭了，它让眼睛在夜晚发挥了最大的功能。但是，它也是对眼睛大规模的损毁，人类的视力正是伴随着电灯的大规模应用而渐趋退缩。不仅如此，在灯光的照耀之下，人们仿佛在和时间竞赛，好像人生多了一些光阴。人们总是依依不舍地关掉电灯。清晨打开电灯，是一天的开端，而关掉电灯，意味着这一天的终结。关掉电灯的一刹那，时间流逝的伤感会猛然涌现——又是一天光阴虚掷了。开灯和关灯，就这样成为时间的重要刻度。

3

但是打开电灯，灯光就猛然出现了。它瞬间就达到了它的极限。它让黑暗瞬间转化为光明，灯光一打开，黑夜没有过渡性地跳跃到正午，它既没有黎明也没有黄昏。由于没有过渡时间，以至于黑夜中的目光在灯亮的一刹那难以适应。灯光按照人们的要求可以在一个空间内恰当地分配它的光亮。电灯的光是自动控制的，是设计好的，是机械化的和标准化的,它是照明机器。它一旦打开就稳定下来,就可以保持一个固定的姿态和亮度而延续下去,直到被关闭。它甚至比阳光还稳定,比月光还稳定,它是一切光之中最稳定的光。它如此之明亮而稳定,以至于摆脱了人们的注意力,它一打开,就像消失了一样,就像不存在一样,就像家中置放的任何一个稳定的静物一样。除了开灯和关灯,只有在它失效和无能的时候,电灯才会引起人们的注意。

电灯是通过消除时间和运动的方式来获得它的稳定性。而其他的光照都有一个时间过程,都有一个可见性的运动。阳光在室内的缓慢漂移,月光的朦胧暧昧,蜡烛不断萎缩的燃烧躯体,油灯火苗的闪烁以及黑烟的升腾,所有这些可见性,都在昭示着照明是一种可见性运动,它展开在时间的轨道中。我们不仅看到它发出的光,而且看到了这种发光的过程,这种发光所带来的损毁。发光,展示了一个燃烧生命的过程。人们在黑暗中擦亮一根火柴,一道窄光迅疾地出现,划破了夜晚的漆黑,这根火柴在它的有限时间内要迅速而准确地找到油灯的灯芯,灯芯小心翼翼地接过了这个微弱的火种,然后一点一滴地缓缓燃烧,它需要时间达到它的稳定状态,或者说,它从来没有达到一个绝对稳定的状态。也就是说,从划火柴到点燃油灯,需要一个人为的时间过程。如果说,电灯灯光是完全的有预见地标准化地生产出来的话,那么,老式油灯或者蜡烛的灯光,则充满着偶然性和特殊性。每一盏油灯,它的亮度,它的照明时间,它的密度,它的位置都是可变的,都取决于它的使用者,取决于每一次临时性。油灯或者蜡烛需要拨弄它的灯芯,需要调整它的位置,需要被小心翼翼地点燃,需要看护火苗的燃烧,最后也需要被小心翼翼地吹灭——也就是说,它需要手的操作,需要技术(孩童们无法完成),它是关于火的游戏,因此,它不能排除危险。而电灯,攫取了火的光芒,但是平复了火的疯狂。

所有的光都有一个暗淡的结局。但是,在电灯这里,时间静止不动。它从不暗淡,从不熄灭。电灯光只会被关闭,绝不会死亡。电灯的机械性,它的自动驾驭,它对时间意识和历史意识的剔除,使得它无论如何不会成为人生的感叹对象,不会托付人生的寄予。人们会将蜡烛和泪水相关联,将油灯和孤独相关联,将太阳和祝福恩宠相关联,将月亮和相思相关联,但是,人们如何将灯光——这稳定的毫无变化之机械之光——同某种特定的情绪相关联?

相较于电灯的通透和标准化而言,油灯显得如此地昏暗。油灯或者蜡烛,并没有改变夜晚的底色,它的光照不过是硕大黑夜内部的一个细琐空间,它不是像电灯一样击败夜晚的固有黑暗从而让夜晚消失,相反,它让夜晚醒目地存在,它让自己无力地被夜晚所环绕,它残存于黑暗之中。它是黑暗围剿之下的火的挣扎,是划破黑暗的徒劳闪烁。这黑夜微弱之光,这跟黑夜不妥协的某种微弱但却坚韧的力量,表达出电灯所匮乏的某种悲剧性,因此而获得一种特定的象征能力。这被黑夜所包围的星星之火,充满着孤独。它如此地脆弱,它有随时熄灭的可能,它在风中虚弱不堪的晃动,所有这些构成了它的特殊意象。也正是因为油灯照明的无力感,一家人总是围绕着油灯而坐,人们接近它,以它为中心,油灯和人有一种密切的距离,因此也会有更紧密的关系:它在夜晚处于绝对的室内中心,既是空间的中心,也是注意力的中心。它片刻都不能被忽视:人们要计算它的时长,计算它的亮度,计算它的危险,计算它的整个运行过程。而家人正是因为油灯的这种虚弱的照明功能,总是环绕着它而坐,油灯拉近了家人的距离。它迫使他们分享它,迫使他们一起交流和倚靠。如果是一个人坐在油灯前,油灯的脆弱无力会呼应他深切的孤独。

这也意味着,电灯绝不会令人产生孤独之感。人们无须以它为中心绕它而坐。人们可能分散在各个房间。电灯打破了古老油灯的限制,同时,也解除了人们之间的联系纽带。电灯照耀了一切,却驱逐了室内的光晕。

4

奇妙的是,这绝无黑暗阴影的通透之光,是借助于一只手的轻轻摁动而发生的。但手丝毫不触及到灯泡。手离发光的灯泡保持距离。手随意地摁动开关,这同点燃蜡烛或油灯的小心翼翼之手迥然不同。每盏电灯都有一个特定的开关。主人对它们的搭配了如指掌,他们在黑夜中也可以轻易地摸索到相应的开关。开关是人们在家中最熟悉也最陌生的客体：人们从未认真地记住它的位置，但总是本能地找到它；人们每天都寻找它触摸它，但从未仔细地打量它，从未对它产生兴趣。它如此地有必要，但又如此地不重要。灯泡对开关的反应迅猛，好像二者之间不存在时间的过渡，或者说，开关好像是灯泡的一个配件，一个保持距离的配件。开关好像越过了所有的中介直接成为灯泡发光的起源（孩童们总是为此不停地尝试和检验）。在此，光不是通过火的燃烧而发出的，而是前所未有地通过电的作用而发生的。人们都清楚，开关只不过切断了电源。它并不直接作用于灯，它和灯只是一个间接的关系。电灯的熄灭和照亮来自于电，不过，因为电线被省略了，被埋伏在墙体中，人们因此看不到电的活动——电本身是不可见的。只有电线，才以可见的方式将它显现出来。但是，现在，室内装饰也将电线埋伏起来。电线被隐蔽在墙体之内。这样，悬挂在屋顶的灯，好像切断了电线的根源。它像是一个纯粹的凭空而来的悬挂物。人们只有在它突然熄灭的时候，才会想象到电的问题。只有这个时候，电，以及埋藏在墙体中的电线，电的总闸等等才会作为一个问题浮现出来。

事实上，电线在室外，或者说，在楼房外部到处枝蔓丛生，密集的电线在城市中肆意横行。它们有时候一根根地并列而整齐地排列，有时候胡乱地捆绑在一起，正是因为它们，城市中矗立着无数的遍布街头的电线杆，它们总是打断了人行道的通畅，成为城市中永恒的障碍。电线是电的交通要道，它贯穿了整个城市，就如同水管是水的交通要道，街道是汽车的交通要道一样。它们绝不能堵塞。也正是这些电线，使得一个城市获得了整体的串联。城市正是在电线的牵扯下融为一体：一个单元房中的每间屋子，一栋楼中的每间单元房，一个城市中的每栋楼，都被电线串联在一起。城市，无论它多么庞大和混乱，它总是将电线作为它的内在线索。电线将城市结合起来，或者说，电线是它的可见性线索，而下水道则是它的不可见性线索，城市就是被这两类线——地下之线和空中之线，隐蔽之线和可见之线，喧哗之线和无声之线——连接在一起。同时，电线，正是因为它随意的出入，它一根一根捆扎在一起的黑色线簇，在连接每栋房屋的同时，也对城市进行切割。它和地面保持着某种距离（以便车行方便），从空中将城市切割成一块块。正是这些无处不在令人熟视无睹的显赫线簇，才是电灯的照明源泉，但是，现在，它一进入室内就隐身了，它好像消失了，它又突然魔法般地从建筑中延伸出来，在空中盘旋，延伸，然后又坚决地插入到另一栋建筑中。奇妙的是，电灯消失的地方，电线却成群结队地大肆地涌现。而电灯出现的地方，电线消失了。室内的电灯，总是以无源之水无本之木的方式闪烁。

但是，一到夜晚，灯并没有将自己密封在室内，它总是固执地延伸到了窗外。在室内，人们反而对灯并不在意，人们经常忘记了电灯在工作。他也常常忘记外面黑暗中的人的偷窥。对于黑暗中的室外而言，灯光是一个显赫的在场。人们能够轻易地在室外通过灯光判断室内是否有人驻留。忙碌一天的晚归人常常在楼下眺望自己窗户中的灯光，他看见这灯光而慰藉，他迫不及待地上楼奔向这灯光。人们有时候将灯光作为接头的信号（一个众所周知的哲学家和他的众所周知的情人之间的故事就是以这种方式展开的）。一个黑夜荒野外或者大海上漂流的无望的人就是因为看见遥远的一盏灯而满怀希望。有灯的地方，就一定有人。灯与人共在。这个情景被发展成一个重要的意象。黑夜中的灯总是吸引人们的注意，总是让黑夜中的人抱有期盼。灯，对于黑暗中的人而言，不仅是一个可见之物，还意味着挣脱这片黑暗的希望。无数的诗篇将灯光作为各种黑暗终将被终结的象征符号。

一栋楼的灯光密集度，就意味着居民的密集度。夜幕即将降临，一盏灯悄然点亮。接下来，少量的灯开始随着黑暗的逐渐深入而逐渐显现，终于，夜幕完全降临，万家灯火，无数的灯光从一栋楼的不同窗户中对外闪耀，它们彼此之间像是在竞技，似乎要把整栋楼掩埋在它们的灯火之中。一栋隐没在黑夜中的庞然大楼仿佛是一个巨大的发光体。这无数的灯借助黑夜的烘托，越来越亮。但是，随着夜晚的深入，灯好像耗尽了它们的全部精力，它们渐趋熄灭。当夜深人静，几乎整个城市都沉睡的时候，还剩下最后的唯一一盏灯在一个黑暗的大楼里面闪耀。它从属于这栋楼，它是这栋楼在夜晚的唯一表述。它意味着这栋楼还有着生的气息。因此，这仿佛不是哪一家的灯，这不仅仅是一扇窗户中透漏出来的光，现在，它是整栋楼发出来的光。它把包括各个单元房间的整栋楼塑造为一个整体。现在，它是一栋楼的灯，这个灯如此地耀眼,它将整栋楼显示出来,好像整栋楼为它而存在,也或者反过来说,它为整栋楼而存在。整栋楼都变成了它的座基和灯罩。它是一栋黑色大楼的孤灯。它越是孤单,它就越是显赫。它越是孤单,它就越是清晰地显示了这栋楼的黑色存在。这唯一的灯,就让整个楼划破了黑夜的严密包裹。与此同时,与它相邻的另一栋楼里也会出现同样的孤灯,这两个隔着距离的灯会彼此成为对方在黑夜中的唯一客体,它们会相互观看,心领神会,在深夜的某个瞬间会发生神秘的共鸣。而到了晨曦尚未完全透露出来的清晨,不同的灯在一座楼中又开始重新地点亮,这是一个同夜幕降临的时候灯光兴起相类似的过程,但是,随着曙光的来临,灯越来越没有它的显示效应了,它没有黑夜可以穿透,而是被白昼所吞没。清晨的电灯昙花一现,它们是夜晚持久照耀的灯的一个无力的回光返照。白昼让电灯黯然失色。

5

但电灯让月亮黯然失色。在城市中,由于电灯大规模的存在,黑夜被照亮了。灯光笼罩着城市,月光变得无足轻重。月亮好像从人世间消除了。灯光吞噬了月光。在电灯被大规模地普及之前,月亮是整个地球的黑夜之光。月光洒在无垠的大地上,洒在波纹动荡的湖水中,洒在覆盖村落的树丛间,洒在树丛中玩捉迷藏游戏的孩童们既警觉又兴奋的脸上。它让所有这一切披上一层朦胧的面纱。它为整个大地谱写了光晕。它同世间的漆黑进行争斗,但是,并没有给世间带来绝对的光明。它是漆黑和光明之间的永恒暧昧,是二者之间的踌躇、犹豫和过渡。正是这种犹豫性质的光亮,人们将许多暧昧的情感赋予它,太阳刹那间让人们的眼睛获得了光明,但月光却持续而缓慢地撩拨人的情感。月夜,就是温柔之乡。它需要诗的吟诵。人们将太阳的颂歌奉献给了伟人,将月亮(以及它的无数伴侣星星)的颂歌奉献给了平凡的自己,月亮是心的代表。它无法照耀整个世界,但是可以照耀人的幽暗内心。很长一段时间以来,正是月光表达了夜晚的充满诗意的魅力。

但是,这样的夜晚或许永远地消失了。电灯划破了黑暗,也划破了月亮赋予大地的光晕。现在,每一盏电灯都是一个小太阳。天空中的太阳一旦隐身,它就会幻化为黑夜地上无数的灯光。这灯光驱赶黑夜的同时也驱赶了月光。月亮(和星星)终于消失了,不是在黑夜和天空中消失,而是在人们的目光和内心中消失,在人们的记忆和诗篇中消失,在孩童们的游戏——不再是夜晚户外的游戏,而是家中电子玩具的游戏——中消失。

附　录
现代家庭的空间生产

家庭,在今天,其意义发生了一个戏剧性的变化。我相信,居住空间及其功能在大幅度地锻造今日中国家庭的神话,犹如伦理关系一度主宰着对家庭意义的锻造一样。以前,人们常常习惯于将家庭置于伦理学的范畴内来对待,将家庭看作是一个伦理有机体,一个血缘关系和夫妻关系的居住结合体。在这个结合体中,不是房屋的空间关系,而是家人的血缘关系,成为家庭的意义重心。理想的家庭就是对血缘关系和夫妻关系的反复再生产,并使之保持一种持久而稳定的凝聚力。房屋空间,只是这个家庭的一个外部性结构框架,它并没有深深地嵌入到家庭的关系政治中来。因此,包围着家庭的关键词是托尔斯泰式的:和睦或者争吵、温馨或者暴虐、友爱或者敌意、幸福或者痛苦、忠诚或者欺骗,等等。这些词语,我们看到,只是对家庭伦理,或者,是对个体伦理品质的书写。家庭,就这样首先被纳入到伦理学的考究当中。伦理学,是横贯家庭空间的一个主轴和杠杆,家政就围绕这根主轴而展开,并将一切家庭事务置于它的审视之下,并受到它的严厉裁决。伦理关切,每时每刻地洒遍在家庭的各个角落中。它既成为家政的起点,又成为家政的终点。家庭的创立形式是婚姻的缔结,这种缔结奔着一个幸福的伦理目标而来,居住空间则成为这个伦理目标的无关大局的载体,它服务于但不作用于这个目标。人们相信,一个温馨或者暴虐的家庭——这是家庭最通常的两个典范模式——其根源只能埋伏在个体的伦理生活中,而不是埋伏在家庭的空间构造中。只有个体的伦理选择才能刮起家庭的风暴:家政关系植根于家庭成员的生活艺术当中。

但是,这样一种考究的家庭伦理,被 90 年代以来的大规模的空间生产吞噬了。现在,家政和婚姻关系并不借由一根伦理的绳索来维系着,相反,家庭的居住空间开始施展力量:空间在对家政的生产中越来越具有一种主动性。它在塑造着家庭。实际上,在任何一个历史时刻,家庭首先总是以一种空间的形式出现:没有一个固定的居住空间,就不存在牢不可破的家庭,居住空间是家庭的坚决前提。但是,人们通常只是将家庭的空间几何学作为家庭伦理学的一个附属框架,这个框架是中性的家庭器皿,是家庭伦理戏剧的表演舞台,是家庭核心要素的僵化外观。这是个静态的没有创造力的空间,是一个非政治化的物理空间,它只是沉默地承受着家庭伦理的结构。但是,这种僵化的居住空间,如今已经从安静的微末状态被唤醒,而变成一股活跃的积极力量。80 年代以来,家庭居住空间,在内部,生产着家庭的伦理关系;在外部,则再生产着社会关系。家庭空间和家庭伦理的结构关系发生了颠倒:空间关系取代了伦理关系,成为家政和生活的第一要务。不是家庭成员之间的伦理关系,而是家庭房屋本身的几何空间关系,在书写着家史,宰制着家庭结构,创造着新的家庭政治。家庭,在某种意义上,是空间生产的效应。

在城市,居住空间突然被抛向了市场,变成个人能够占有的商品。此刻,空间的生产政治得以迅速启动。人们对空间的理解瞬间发生了变化。以前,居住空间是僵硬的计划配置,现在,居住空间是灵活流通的商品;以前,居住空间是被租赁的,其拥有权属于国家;现在,居住空间是私人占有的,其拥有权属于自己;以前,空间总是漫漫一生的一个个暂时的过渡,是一个空间和另一个空间之间的反复中转,现在,空间是永恒的财产,是可以作为遗产继承下来的固定财产;以前,个体喜气洋洋地但依然是被动地承受国家对于空间的均平配置;现在,个体是主动地一劳永逸地占有空间,空间是可以转让、出售、增值的私人财富。国家不再以一种专断的形式囊括和垄断一切空间了,空间也不再内在于国家自身的严厉结构。空间从国家的紧密控制滑向市场的自由选择,它成为私人的竞技对象。这样,空间从一个安逸的寂静状态被抛向了动荡的战场,它的意义根据争斗的结局而被允诺,空间在反复的厮杀之中才能自我表达。住房既是庸碌日常生活的中心,也是非凡的呐喊、竞技和吵闹的中心。围绕着住房的争夺成为当代最直接的战斗形式。居住空间将一系列的战斗汇集于自身:这是政治、经济和文化多层次相交织的战斗,也是各个阶层之间的政治经济战斗,是个人同匿名群体的战斗,是利益群体和利益群体的战斗;这也是文化的战斗,是历史和现在的战斗,是文化遗迹和当代欲望之间的战斗。当代的阶层斗争不是被意识形态歧见所怂恿,而是被一个核心性的住所空间所激活。同样,结盟不是因为信仰而扭结在一起,结盟是因为住所的相关性而结盟,是因为住所的共同命运而结盟,是因为住所表达的同一意义而结盟。正是由于相关联的居住空间,异质性的职业群体,才在战斗中表达共同的激情。斗争的痕迹刻写在住房的表面,团结的痕迹也刻写在住房的表面。今天,观念的政治已经转向了居住政治,意识形态政治转向了空间政治。

我们看到,个人居住空间的所有权方式和占有方式发生了变化,从外部包围着空间的政治经济学也发生了变化,这种变化,毫不犹豫地投射到家政结构之中。

人们现在不顾一切地卷入到空间的争夺中。就家庭内部而言,空间不再是它的外壳,而变成了它的目标。事实上,家庭空间的建立现在变成了一个具体的经济问题。人们都明白,家庭现在是根据它的居住空间来下定义的。空间占据着家的重心意义,外人对家庭的首次探询总是从空间"大""小"着手。在家庭内部,幸福只和面积相关,情感退回到了空间的帷幕之后,婚姻关系附属于空间关系。人们在培育一个家庭,与其说是培育一个和谐的夫妻关系,不如说是培育和扩充一个宽敞的居所。

从理论上来说,因为空间不仅供居住,还能成为增值的财产,这种性质的居住空间就可以被无休止地追逐和投资,它是贪欲攫取的对象。在另一方面,空间的扩张,是尼采式的权力意志的本能要求:空间总是在扩充着空间,空间总是在寻求自身的繁殖,空间总是在为自身的扩大再生产所驱动。这样,空间就自然地成为家庭身体的动力机器。家庭不再深陷于自身内部的伦理纠缠中,相反,它作为一个整体,作为一个好战的身体,而卷入到同外部的残酷竞赛之中。每一个家庭变成了无限广阔的空间之战的一方,家庭短暂而漫长的历史,就是占据和夺取空间的战争历史。家庭,它的使命、目标、家政原则,都紧紧地缠绕着居住空间而展开。居住空间,差不多是家庭永久的或隐或现的缺失性内核。家庭绝不会在这个方面抱有豁然般的满足之感。居住空间似乎是一个没有端点的欲望链条,家庭总是在这根链条上吃力地爬行。家庭的宏大叙事,在某种意义上,就是不断地向新的居住空间目标进取的叙事;家庭的隆重戏剧,就是居住空间得失的悲喜剧;家庭的日常生活,就是家人平静地但又是努力地聚集购房力量的挣扎生活。漫长的日常生活所日积月累的能量最终爆发于购买住房的那一瞬间,也正是在这一瞬间,家庭的平生赌注被掷下了。漫长的负担就背在家庭的紧绷着的肩头。居住空间,既是家庭的家宅,也是家庭的枷锁。它既让家庭成员陷入绝望的漫漫黑夜,也让家庭成员被狂喜所汹涌地撞击。居住空间一遍遍地促使家庭情感猛烈地爆发。

家庭,就这样为空间的压力所驱动,空间成为家庭的发动机。一对年轻人组成家庭,也许在这个家庭的新婚之夜,空间的谋划伴随着枕边的绵绵絮语;同样,这对年轻人变成弥留之际的老人时,可能将住房空间写入遗书的核心条款。住房,既是家庭的必需序曲,也是家庭难以平静的尾声。在序曲和尾声之间的,是家庭成员平素的日常奔波,这种奔波无非就是试图将住房缓缓地扩大;人们在卧室中悄悄地点着钞票的数额,实际上他在飞快地换算未来居室的面积又增加了几米。一旦人们千辛万苦地攫取一个居住空间,总是要炫耀性地示人。主人不厌其烦,参观者则络绎不绝。这段时期是铺张性的家庭节日。每个家庭空间的扩张,都会伴随着一个盛大的家庭庆典,婚姻喜庆的压倒地位现在让位于乔迁的节日。

对于目前的家庭来说,未来的居住空间总会演变成一个想象中的乌托邦,住所的乌托邦色彩无一例外地促发了对现时的批判动力,它无情地警示了人们对眼前的不满,鞭策人们眼下的劳作和生活。理想家庭就是这样首先作为一个生动的空间形象浮现在将来的时日。家庭空间,而不仅仅是家庭伦理,成为忙碌的人们生活的一个极具抱负的目标。空间,一旦成为巨大的欲望对象,就可能会摧毁夫妻的平静状态。夫妻总是在这样一个远大的目标面前励精图治,他们的生活实践并不深陷于现有的房屋之内,而是受制于将来的空间想象,并被它所宰制、推动、驯服和牵引。空间就这样锤炼着家政。家庭成员注定要享受空间,但是,反过来,他们又成为这种空间享受的囚徒。这是家庭固有的悲剧性悖论:一个舒适的宽敞空间,却是通过烦琐不堪的劳作而获取。人们以苦行的方式追逐一个幸福的未来目标,这决不是什么新的生活法则,只不过是,那个以前的无形天国现在变成了地上的水泥房子。现在,家庭内部,压倒性的生活实践就是这个空间目标。完全有可能,在家庭内部,婚姻关系自身的品质退缩到空间目标之后:无数的事实表明,离婚和结婚常常将空间作为考量的指标。有时候,人们是因为要占有、分享一个空间,而走进婚姻;有时候,人们由于难以忍受一个狭窄空间而走出婚姻;还有些时候,濒临破裂的婚姻因为无法将居住空间一分为二,或者无法找到另一个可替代的空间,而被迫维持着。居住空间,就这样对婚姻状况——无论是结合还是解散——起着积极的构造作用。我们相信,家庭,首先浮现的是一个空间形象,其次,它才让一种伦理关系盘踞其间。

对一个独身者,或者一个集体宿舍中的学生而言,空间具有一种此刻的经验意义,但没有内在于家庭的乌托邦意义。在这个学生这里,宿舍空间是一个过渡之物,它是异己的,被共享的,临时性的,权且的,无经济价值的。这个空间当然会赋予他一些独特的宿舍经验——无隐私感、心理上的拥挤、敞开在他人目光之下的局促,或者完全相反,群体的温暖,喧哗的激情以及欲望的夜晚低语。集体宿舍,作为一种空间形式,从来不会受到细致呵护(清洁活动总是学校强制性的实践),也从不激发经济冲动。有可能,一种知识,一种理想,一场革命在这种空间框架之内被酝酿,但是,这种空间本身从不被酝酿,空间也从不自我冲动。宿舍经验赋予了学生空间意识,但是没有赋予他们空间的经济意识;这个空间在生产着学生,但没有从经济的角度来生产学生。这个空间可能在生产一种气质性的主体,但还没有开始生产一种功能性主体——只有家庭空间在生产着忙碌的以空间为目标的主体。对学生而言,宿舍,无论是什么类型的宿舍,总是即将脱去的外套,宿舍既不会激发其空间情感,也不会激发其空间欲望。宿舍经验并未将他推向残酷的空间竞赛中。

同样,一个年轻的独身者,也不怎么卷入这种空间竞赛中。独身者——尚未卷入家庭关系中的个人——并不一定会有强烈的空间扩充欲望。对于他来说,居所面积的大小,尤其是居所的功能性配置和区分,不会有家庭那样的重要意义。他将他的整个居所看作是连续性的,室内是一个浑然整体,每个领域都完全从属于自己的要求。居所的意义只是仰仗一个人的临时经验。这样,单身居所内的每一个领地,其意义可被任意创造、组织、改换、添加。独身者只要借助一种结构性的意义变动,就能在小的居所内创造出一个大空间内的各种功能配置。一个人的空间是一个无限的空间。一个人的空间永远大于家庭空间——无论这个单身空间多小,也无论这个家庭空间多大。这样,人们很少抱怨单身居所的狭小(除非小得抬不起脚来)。同样,人们不会强烈地将居所的面积作为独身者的地位标记。独身者,由于处在绝对的隐私状态,由于不暴露在任何的目光之下,由于被完全的自主性所包围,由于所有这些而带来的纯粹的空间自由,那么,空间的大小,空间的功能性区分,空间的开阔以及由于这种开阔而带来的世俗声誉,相比这种空间自由,还有什么意义呢?单身者,如果不是准备走进婚姻,建立家庭,为什么要拼命地扩充他的空间呢?如果居所内没有侵蚀自由的权力存在,为什么要卷入日常的空间之战呢?

所有这些都从反面证实了家庭空间之战的必

要性。从外部而言,是经济的冲动(这是学生的反面形象),从内部而言,是自由的冲动(独居经验告诉我们,家庭是在削弱自由)。尽管所有的家庭都在奋力地争夺居住空间,但是,他们所占有的空间仍然存在着巨大的差异。这种差异,正是社会竞争的结果。空间的竞争,是社会竞争的主要征象。也许,居住空间的差异,最能昭示社会的阶层差异。空间从来没有像今天这样如此地成为社会等级的记号,它从来没有像今天这样显著地刻录社会的不均等伤痕。不同的阶层,一定会占据着不同的空间,但是,这些差异性的空间本身,反过来又再生产着这种阶层差异。我们看到,同一个阶层的人们,常常居住在类似(面积,结构,地点,所在社区)的空间中,而这种空间更强化了这些人同别的空间中人群的区别。这就是形形色色社区的诞生。不同的社区,存在着不同的生活风格:马路边沿的棚户中在热气腾腾地暴食的人;大杂院中高声喧哗世事的人;塔楼中蜷缩在屋中读晚报的人;别墅花园中拿着酒杯在盛大派对中微微含笑的人;郊区中早起就贪婪地呼吸氧气的人。人们根据自己的空间状况,来安置自己的生活。居住空间在锻造人们的习性,锻造他们的言谈、姿态、表情、举止、节奏和趣味。什么样的居住空间,就能锻造什么样的身体和习性,习性是空间的产品:有些居住空间促使人庄重,有些居住空间促使人轻浮;有些空间促使人乐观,有些空间促使人狭隘;有些空间促使人脾气暴躁,有些空间促使人温文尔雅;有些空间会促进健康,有些空间会引发疾病;有些空间能够让人放声大笑,有些空间使人长期沉默无语。人们要日复一日地回到他的家中,回到那种居住空间长久形成的政治结构中,空间在耐心而沉默地塑造他们的习性。空间在生产主体。住在同一类型社区的人们,通常会体现出相近的身体特征。一些高级的住宅区域中进出的人们,脸上总是挂满了冷漠的骄傲。

这些新的社区,其标准、规范和目标发生了变化。它是按照经济阶层来定位的,而且它假设经济标准就是一切标准之基础:是身体和习性之基础,是生活风格之基础。社区确信它的居民的同一性,它也在故意地锻造和强化这种同一性。这样,家庭所在的空间社区已经取代了最初的工作单位,发挥着社会分层的功能。单位和职业不再是身份的绝对标志,单位内部和职业内部,不再被一个同质性标准所统摄,而是被巨大的差异性所标识。同一个单位的群体所构筑的居住社区,现在已经分崩离析。人们不再是根据单位而居住在一起,而是根据经济状况居住在一起。社区,现在是在整个城市中招纳同一个经济群体,而不是招纳同一个单位群体或者职业群体。社区内在的居民,从经济上来说,是同质性的;从单位和职业来说,是异质性的;就自身内部的地位阶层而言是同质性的,就同外部的其他社区的关系而言,是异质性的。社区能够同时性地进行区分和认同。各种各样的社区围墙、门卫、保安是这种区分和认同机器,他们是分辨和排斥之目光。由于没有任何的工作联系和职业联系,同一个社区的人,尽管近在咫尺,却形同路人。不过,这些陌生的邻居却遵循着同一规律:他们的家门在早晨被锁上,在晚上被开启。社区的白昼基本上是沉默的、空缺的,是属于老年人和孩童的(社区的犯罪因此总是在朗朗白昼之下)。社区的喧哗同黄昏一起降临。越是那种庞大而密集的社区,家庭的内敛性和封闭性越是强烈。社区有时是家庭的延伸(有时不免将它当成一个居住的环境和归宿),有时是家庭的外部(当居住者将大门紧锁之时,社区的事情和自己完全无关)。对于他们来说,安静的居住并不能促进彼此之间的商谈,除非共同的居住面临着同一个威胁。社区的悖论就是认同和区分的悖论:既让某些同质性的群体取得空间上的认同,也让他们保持着心理上的区分;既使某些群体的社会标记存在一种空间性的地位辨识,也让他们各自保持一种家中的陌生感和神秘。这些邻居的身体、表情、趣味、言谈,总之,他们的习性,可能十分相似,但是各自保有一个深不可测的内心世界。这是些遥不可及的邻居。现在,身份的单位标记开始让位于社区居住空间的标记。空间在记载着等级。阶层区分导致了空间差异,反过来,空间差异进一步巩固了这种阶层区分,进一步从场所的角度巩固了社会分化。家庭空间在反复而固执地锻造着个体,也在反复而固执地强化着社会等级。

尽管家庭空间被卷入了纷繁的社会领域,但是,一个家庭空间永远是另一个家庭空间的黑暗之所:外来的一切目光可以被阻挡在家庭的四壁之外。在这个意义上,家庭空间断然地同社会空间隔离开来。就此,人们设想,在家庭内部,一旦将社会的面具摘下,就可以变得放肆而真实。人们还设想,在家庭内部,一旦挣脱了社会等级之链条,就会恢复自然状态和民主状态。人们同样设想,人们在文学作品中、在电影中、在各种各样的个人日记和书信中设想,家庭空间是诗意的、休息和温暖的。所有这些设想,这些关于家庭的神话,在今天的空间政治中,都是错误的。家庭绝非鸟巢。在家庭中,人抛弃了社会面具,但不是还戴上了家庭面具了吗?人将社会权力阻挡在外,但不是还遭到家庭权力的侵蚀吗?人摆脱了办公室或者校园的空间压力,不是还要承受家庭的空间压力吗?

是的,在家庭空间内部,权力并没有完全收手。离家出走的孩子,下班后在办公室下棋的男人,这差不多是家庭的两个经典形象。这也是家庭内部的权力证词。我们相信,家庭空间还生产着家庭内部成员之间的政治关系。家庭并不是一个权力销声的场所,人们在办公室里隐匿的面孔并非在家庭中能够自由地展开。对于一个家庭而言,住所并非一个绝对自主的空间。人们从学校或者公司回到家庭,只不过是从一个权力空间转换到另一个权力空间。实际上,家庭室内的配置是政治性的。室内的空间权力配置是对社会空间权力配置的呼应,是对它的再生产。或者,更准确地说,家庭空间和社会空间在相互地再生产,社会空间将其权力结构投射到家庭空间中来。我们看到,社会地位显赫的父亲通常在家庭的餐桌上占有首席,他们的身躯总是吸引着室内的其余目光。他们历经室内的每一个角落,都临时性地变成了空间的重心。室内空间总是根据父亲的步伐而变动它的权力结构。通常的情况是,谁在家庭之外握有权力,谁就能控制家庭内部的空间结构。父权制的幽灵在室内徘徊。同时,家庭空间也被分割了。父母的卧室宽大而明亮,孩子们的卧室隐秘而狭小,尽管父母对孩子们百般溺爱,尽管父母总是想千方百计地赢得孩子们的心,但他们总是占据着核心性的卧室空间,并同孩子们形成尖锐的对照。父母和孩子的卧室各自保留自己的秘密,但是也强化了他们之间隐秘的等级分歧。不过,父母可以随意闯入孩子们没有锁链的卧室,孩子们却没有权力踏进父母紧闭的房间:两代人的沟壑最开始是从室内的空间开始挖掘的。孩子们的要求只能是在客厅陈述,父母的规训也在客厅四周回响。客厅就这样包容了家庭的活动,包容了家庭内部的公共话语。客厅,就这样保留了空间常见的悖论性：它是一个封闭地点中的公共场所。如果说卧室是绝对隐私之地的话，那么，客厅则是一个开放性的隐私地带。客厅和卧室的功能，复制了各种封闭性机构内部的空间政治关系：我们发现，父母的卧室、孩子的卧室和客厅，在校园里，分别对应于老师的办公室、学生的教室和操场；在公司里，它们对应于老板的办公室，员工的办公室和会议接待室。家庭空间的部署，是一个机构空间的微缩。任何一个密闭的空间都会配置一个通向外部的场所：如同公司的会议接待室还等待着光顾的客人一样，客厅，也接纳家庭的外来者，接纳家庭成员的知己，故人，密友，以及远道的亲戚。客厅，这个家庭内部的公共空间，如同一个小型花园是一个社区内部的公共空间一样。它有密闭性，但是，它也敞开着大门（卧室在客人来时，总是紧闭着，没有专门的邀请，客人是不能走进卧室的），将各种各样的临时性的外来过客招纳其中，它成为内部的家庭空间通往外在社会空间的中转。

　　同享乐的卧室相比，厨房是一个艰辛劳作的苦涩空间，它败坏了想象的家庭诗意。家庭并不完全是一个温暖的巢窝，它还是一个生产食品之地，并保留了古老的手工作坊的特性。厨房,是现代家庭内部的一个手工车间,它囊括了一个与底层工人类似的劳动过程,在大部分时候,厨房既代表着家庭自身固有的烦琐,也代表着家庭中的屈从位置,它令人望而却步。家庭内部的空间之战,最激烈的形式就是厨房之战:谁逃避了厨房,谁就宰制了空间。厨房成为夫妻权力结构的测量砝码。一般来说,厨房总是妇女们的空间,这个事实如此之普遍,以至于厨房和妇女的关系远远地溢出了家政结构之外,而成为社会女权运动的一个焦点:妇女们要获得平等地位的标志之一,就是要摆脱厨房的琐碎管制。实际上,厨房是接纳父权制的最佳场所,是社会结构刻写在家庭空间中最深的痕迹。厨房,这个家庭中赤裸裸的争斗之地,和浴室一样,总是被置于家庭内部一个边缘场所,一个隐秘的角落。厨房是苦涩之地,浴室是交欢之所;厨房是家庭空间中的一个凹口,一个创伤,浴室则是柔软之乡,是乌托邦的巅峰地带;厨房将社会召唤到家中,浴室则将社会抵挡在门外。这是家中的两个极端,既是地点的极端,也是身体的极端。它们躲藏在家中的一隅,将身体的欲望和反欲望,在室内进行第二次储藏。

室内存在着广泛的权力结构,而装修,正是对权力结构的巧妙抹擦。装修是一个庞大的工程,它的耗费决不逊于一所房子的搭建。人们在此殚精竭虑,细察每一个角落,力图将室内变成一个熠熠生辉的艺术品。装修是将"房屋"转化为"家"的过程。家的点滴意义,不是埋藏在房屋的建筑材料和建筑结构之中,而是埋藏在房屋的装饰、点缀和细小的呵护之中。装修就是要获取家的温馨表意。为此,它要掩盖一切的僵硬结构,掩盖房屋的物质性和素材,掩盖僵硬而呆板的垂直接口,掩盖工业生产的笨拙和专横。装修实际上是让房屋的物质性消失,而建造一种具有独特氛围的空间。家的空间氛围应该具有丰富的色彩(各种各样的墙漆),具有人情味(要挂一些装饰品),具有艺术气息(墙画,书籍,音响,古旧家具),它要变得更柔软(木地板和布沙发),更温暖(各种灯饰,窗帘),更和谐(石膏线和吊顶),更像大自然(室内总是种植一些花草,或者仿造自然)。这样一个空间氛围,力图削弱权力的霸道和粗暴,力图抚慰空间政治的内在逻辑,力图让家庭团结和睦,并将它变成一个休息场所,一个感官松懈的场所。

家庭空间似乎就这样从社会空间(比如办公室)中抽身而出。它的功能和目标确实是对社会空间的一个潜在替代,但是,它的结构依然是社会空间的一个隐喻,并持续地巩固和再生产着这个社会空间事实。我相信,居住空间,现在开始前所未有地驾驭着家庭这个微型的社会结构。家庭戏剧,不是在这个空间内激烈地上演,而是温顺地被这个空间所导演。家庭伦理的波澜,则不过是这个空间内泛起的微不足道的<u>丝丝涟漪</u>。

后　记

许多人会觉得奇怪,我为什么要写这样一部小书?我的一个勤奋的学生就曾认真地问我,这些文章的学术意义何在?事实上,写这本小书只是出于一个简单的原因:我大部分时间是待在家里(这是一个大学教师的好处)。哪怕是一个人,我待在家里从不感到厌倦(我从没有对旅行产生过激情),当然,并不是我对他人或者外面的世界毫无兴趣,我之所以愿意待在家里,完全是因为没有任何地方比在家中让我感到舒服。当我意识到这点的时候,我发现,室内的电器将我留在家中至关重要。它们完全可以满足我的要求:空调会驯服室外灼热的阳光;手机可以排遣我的孤独;电视和电脑可以让我的好奇心得到满足(我对外面发生的事情都了然于胸);而洗衣机、冰箱和煤气灶,使得我可以毫不费力地进行简单的衣食再生产。而今天的北京,空气净化器至少还能让我在家中勉强地呼吸(我一下子买了两台)——既然如此,我何必要到外面去闲谈打听或者忙碌奔波?

因此,我乐于在家中被各种机器所包围。我住过不同的房屋(自己的私房,单位公房和租赁的房子),但这些完全不同的住宅都配备相似的家用电器(这甚至是全球性的)。电器和住宅已经融为一体。没有这些电器,住宅就是不完整的——今天,住宅的定义或许应该有所改变,机器内在地镶嵌在住宅结构中成为它的有机部分。待在家中,不仅意味着待在由水泥钢筋浇灌而成的建筑结构中,而且也意味着待在这些电器中。住宅经验,既是一个空间经验,也是一个家用电器的使用经验。我整天跟这些机器打交道,它们是生活中的重要部分——难道我不应该将这些经验记录下来吗?这些经验是历史性的——住宅在发生变化,与之配置的电器也在发生变化,因此,居住和生活的经验一定会发生变化。我个人的电器使用经验,毫无疑问是当代的经验(三十年前,这些机器大都没有出现,三十年后,人们难以确定这些机器是否还存在,或者说,还以这样的方式存在),甚至是当代人的普遍经验。这些电器,重塑了人们的生活,因而重塑了历史。它超越了特定的意识形态而在全球四处驰骋。因此,我试图通过记录这些电器经验来记录这个时代。我相信,记录这个时代的方式多种多样,人们可以通过(电影、文学和历史)叙事来记录,也可以通过观念和思想的辨析来记录,甚至可以通过行动和干预来记录。我们已经看到了,关于这个时代特征的辩论和再现层出不穷,每个人都有自己的视角、理由和判断。就我这个长期蜷缩在家的人而言,我只想通过我自己的住宅经验,更恰当地说,我自己使用家用电器的经验,来记录我置身其间的这个时代。

我写下了我的机器经验,但是,这并非对机器的内在研究。我对机器完全是外行,对机器毫无兴趣,对它们的工作原理一窍不通,我是一个最初级的机器使用者(至今不会开车)。我谈论它们,完全是因为我如此地依赖它们。一个对机器毫无兴趣的人每天和机器相伴,每天面对它们,这不正表明,机器在对每一个人产生作用吗?观念和行动可以改变历史,但是,物和机器同样可以改变历史。既然如此,为什么学院讨论总是限定在人的领域,观念和思想的领域,而放弃物质的领域?正如人和观念都有自己的命运一样,物也有自身的特定命运。这些以电为基础的物体,它们也在快速脱离人的意志而自主地进化,它们也有自己奇妙的生命历程。书中关于手机的文章,是我几年前写的,现在看来,这个手机似乎已经死亡了,但它的子嗣已经延续了数代。而且,某一类机器总是隶属于某个特定时代的,书写一个机器,只能是书写它的时代。机器一定有一个生死过程,但这不是一个物的历史过程吗?这个物的历史过程的每一个瞬间,难道不是历史的一个垂直瞬间?难道没有它的深邃地带?或许我们需要新的传记,不是人的传记,不是观念的传记,而是物的传记,物的生和死的传记。

尽管我总是推测我的经验和别人的经验有重叠之处,我也试图将自己的经验上升到一种共同的经验,但我还是要承认,这些记录完全来自我的个人体会。我也没有依据任何别人的参考(也很少看到这方面的论述),偶尔引用些别人的话,完全是为了将它打扮成学术论文,供发表使用(我必须服从学院的法则,没有注释的文章将不被看成论文)。为此,我要特别感谢《文艺研究》和《花城》,正是他们的开放眼光,使得这些从主题到形式都不太像学术论文的文章获得了公开发表的好运。

这几篇文章是在不同的时间写的。我刚开始没有写一本书的打算,但写了两篇后,我就有了写一本书的愿望。但是,再多写几篇后,我就想草草收场,放弃使之成为一本书的意图——写作真不是一个随心所欲的事情。我发现,同一类型的文章,一旦写多了,就会令人厌倦。既会令写作者厌倦,也会令读者厌倦。因此我放弃了计划中的另外几篇。这样,这些文章就以一本小书的形式出现。我知道如今的人们没有太多的耐心来对付长篇大论——尤其是这样一个乏味而平庸主题的长篇大论。我也就这样适可而止吧。

汪民安
2014 年 10 月

图书在版编目（CIP）数据

论家用电器 / 汪民安著. -- 上海：上海文艺出版社，2022
ISBN 978-7-5321-8236-7
Ⅰ.①论… Ⅱ.①汪… Ⅲ.①随笔－作品集－中国－当代 Ⅳ.①I267.1
中国版本图书馆CIP数据核字(2021)第244380号

发 行 人：毕　胜
策 划 人：杨全强
责任编辑：肖海鸥
特约编辑：廖　雪
封面设计：少　少

书　　　名：	论家用电器
作　　　者：	汪民安
出　　　版：	上海世纪出版集团　上海文艺出版社
地　　　址：	上海市闵行区号景路159弄A座2楼　201101
发　　　行：	上海文艺出版社发行中心
	上海市闵行区号景路159弄A座2楼206室　201101　www.ewen.co
印　　　刷：	苏州市越洋印刷有限公司
开　　　本：	787×1092　1/32
印　　　张：	7.5
插　　　页：	5
字　　　数：	104,000
印　　　次：	2022年8月第1版　2022年8月第1次印刷
I S B N：	978-7-5321-8236-7/I.6507
定　　　价：	58.00元
告　读　者：	**如发现本书有质量问题请与印刷厂质量科联系**　T: 0512-68180628